ハイキュー!!

"終わりと始まり"

劇場版総集編 前編

原作 古舘春一
小説 吉成郁子

CONTENTS

終わりと始まり

HAIKYU!!

「よっしゃ！」

商店街を自転車で走っていて突然聞こえたその声に、小学生の日向翔陽《ひなたしょうよう》は思わずブレーキをかけた。

電器店の店先に置いてあるテレビの中では、観客が小さく見えるほどの大きな体育館でバレーボールの試合が行われている。声は、道端《みちばた》でその試合を見ていたおじさんがあげたもののようだ。

テレビ画面の中で、黒とオレンジのユニフォームを着た選手がボールを両腕で受けると、バンッと音がした。

日向の思わず開いた口から吐《は》き出《だ》された白い息が、テレビからの歓声《かんせい》とともに消える。

ルールはよくわからなかったが、ボールが落ちたら負けることくらいはわかった。それはつまり、相手のコートにボールを落とせば勝ちだということだ。

いつのまにか、日向は見入っていた。寒さも、友達とサッカーする約束も忘れるくらい。

テレビの中で、ネットの前にボールが高く上げられた。それと同時に、遠目からでもわかる他の選手より背の低い選手が大きく手を後ろに広げ、走りだす。

——まるで、羽を広げる鳥《とり》のように。

次の瞬間、相手チームがそれを阻《はば》むように三人でジャンプした。あたかも大きな壁が生えたようだ。だが、ほぼ同時にジャンプした小さい選手が、軽々とその壁を超《こ》える。

——飛んだ。

眩《まばゆ》い照明の中で、オレンジ色がかき消され、黒の存在だけが浮かびあがる。その姿はまるで烏《カラス》だ。

日向は羽《は》音《おと》のような、空気の切る音を体感する。その人が打ったボールが、自分に向かって飛びこんできた。

笛が鳴り、審判が点が入ったことを知らせる。黒とオレンジのユニフォームの選手たちが集まり、「よっしゃー！」と声をあげた。

「決まったー！　まさに小さな巨人！　これで五連続ポイントです」

テレビから興奮したような実況が聞こえる。見ていたおじさんたちも感嘆の声をあげたり、拍手をしたりしていた。

「春の高校バレー全国大会、１９０センチ近い選手がひしめく中で、烏野《からすの》高校の小さな巨人が所せましと飛び回っています！」

ユキガオカデンキ
祝
烏野高校

　そう続いた実況に、瞬《まばた》きするのも忘れ、食い入るように試合を見ていた日向は、

「烏野……」

と、胸に刻《きざ》まれた名前を口にした。


　憧《あこが》れは、目標になった。

　あんなふうにカッコいいエースになりたいと、日向翔陽は、自転車でひと山越えて三十分の宮城《みやぎ》県立烏野高等学校に晴れて入学した。

　そしてその日の放課後、わき目も振らずまっすぐに向かうのは第二体育館。バレーボール部の練習場だ。

　日向には快晴の空も、それに似合わぬ烏《カラス》の姿も目に入らない。ずっと、あの小さな巨人をテレビで見てから焦《こ》がれ続けた場所なのだ。はやる気持ちは抑《おさ》えられない。

　来た、来た！　烏野……!!　これからいっぱい練習して、それであの〝王様〟にリベンジだぁ～!!

　勢いよくジャンプした日向が体育館に着地したその瞬間、先客が自《みずか》ら上げたボールを打

とうとジャンプする。

そして、その先客を見た日向の顔が大きく歪《ゆが》んだ。

〝コート上の王様〟影山飛雄《かげやまとびお》。

「なんでいる⁉」

「⁉」

思わず叫んだ日向の声に、サーブ直前の影山は驚き、バランスを崩《くず》しながら着地した。

そして怪訝《けげん》な顔で振り返る。

日向の頰《ほお》がひくひくと痙攣《けいれん》する。まさか、まさか……リベンジを誓《ちか》った相手とここで再会するなんて。


日向と影山が初めて会ったのは、日向にとって中学で最初で最後の試合だった。

中学校には、目標に近づくために当然入ろうと思っていたバレー部はなく、諦《あきら》めきれない日向はひとりきりで男子バレーボール部を作った。正確には部員が足《た》りないから、ずっと同好会だったのだが。

体育館の隅《すみ》、校庭の隅、渡り廊下《ろうか》の隅。練習できる場所が、練習場所だった。スパイクを打ちたくても、トスを上げてくれる仲間もいない。

それでも、いつか試合に出て、勝つ。あの小さな巨人のように飛んでみせる。

その想《おも》いが通じたのか、中学三年生の時に新入生が三人入った。日向のがんばりを知っていたサッカー部とバスケ部の友人が助《すけ》っ人《と》になり、ようやく試合に出られることになったのだ。

その試合の相手が北川《きたがわ》第一中学。そして、そのセッターが影山だった。

北川第一は優勝候補のエリート。対して、日向のいる雪ヶ丘《ゆきがおか》中は無名校。

誰もが結果は目に見えていると、同情さえしていた。チームのメンバーでさえ、勝てるはずがないと、そう思っていた。

「いったい何しにここへ来たんだ？　〝思い出作り〟とかか？」

「おれたちは……勝ちに来たに決まってる！」

試合前の廊下《ろうか》、緊張で腹の調子が悪くなった日向は、影山にどこか蔑《さげす》むように言われてきっぱりと言い返す。そんな日向の無鉄砲《むてっぽう》な自信に苛立《いらだ》ったのか、影山も日向を見下ろし、きっぱりと言い放った。

「……ずいぶん簡単に言うじゃねーか。一回戦も、二回戦も勝ってコートに立つのは、この俺だ‼」

そのつり気味《ぎみ》の黒い目を日向は睨《にら》み返《かえ》す。

自分だって必死に練習してきた。やっとちゃんとしたコートで、六人で試合ができる。ようやくつかんだチャンスなのだ。

——けれど。

日向のスパイクはブロックに阻《はば》まれ、決まらない。

体育館の壁に激突するほど必死にボールを追う。けれど、とれない。

点差は無情《むじょう》に開いていく。

このまま余裕で勝てると、どこか手を抜いた北川第一と、どうしようもない点差に心が折れそうになりながら、諦めない日向に引っ張られ、なんとかしたいと踏《ふ》ん張《ば》る雪ヶ丘のなかで、影山と日向だけが心の底から本気で戦っていた。

だが、北川第一がマッチポイントを迎えたその時、日向に託《たく》そうとしたボールがトスミスで、あらぬ方向へ飛んでしまった。影山から見て、日向の反対、誰もいない右側。

ボールを目で追う影山の前を、何かが風のように通り過ぎる。

それは、ほんの瞬《また》き。

目で追うのがやっとの速さで影山が見たものは、体を大きくしならせ、跳《と》んでいる日向の姿だった。

今、左側にいたはずなのに。マークしていたはずなのに。

なんで、右《そこ》にいる。

無理な体勢から片足で踏みきり、そのままジャンプした日向の打ったボールは誰も追いつけず、相手側のコートに鋭《するど》く落ちた。

バランスを崩《くず》した日向は、ジャンプの勢いのまま転《ころ》がるが、慌《あわ》てて身を起こして審判を見る。

審判は笛を吹きながら、アウトのジェスチャーをした。北川第一に点が入り、ゲーム終了の笛がひときわ強く響《ひび》く。

セットカウント、2対0。圧倒的大差で雪ヶ丘中は負けた。


——いったい何しにここへ来たんだ？

——口で言うほど、簡単なことじゃねえよ。

——勝ってコートに立つのは、この俺だ!!

——お前は三年間、何やってたんだ⁉

あの時、威圧《いあつ》感ハンパない影山から言われた暴言《ぼうげん》の数々が日向の頭の中に蘇《よみがえ》る。

忘れるはずもない。間違えるはずもない。

「影山飛雄‼」

影山飛雄は日向と同じ学校指定のジャージを着ている。と、いうことはつまり、影山も烏野に入学したということだ。

「…………お前、去年の……」

思わずフルネームを叫んだ日向に、影山は思い出したように呟《つぶや》いた。だが。

「名前は知らない」

こともなげにそう言われて、日向はショックを受けた。自分はフルネームで覚えていたことが、なんだか負けている気がして悔《くや》しかった。

「おっ、おれの名前は日向翔陽だっ。一回戦で負かしたチームのことなんか覚えてないかもしんないけどなっ」

「お前のことはよく覚えている」

「はぁっ？」

驚く日向を前に、影山はあの試合の時の光景を思い浮かべる。

小さい身長を補《おぎな》うほどの高いジャンプ。

そしてなにより、自分とは反対の位置に飛んだボールに一瞬で反応した反射神経と、片足で踏みきったとは思えないほどの跳躍《ちょうやく》。

ズバ抜けた反射、バネ、スピードを持っていた。——にもかかわらず、能力を全然活《い》かせていない……。

影山にとっては、そんなすごい能力を持っているなら活かすのが至極《しごく》当然のことだった。それを活かせない環境に日向がいたことなど、想像もしない。

「なんだっ、なんで黙ってるっ、やんにょ、やんのかっ」

無言のしかめ面《つら》で見られ、もしかしてケンカを売られているのかと思った日向に向かって、影山は口を開いた。

「クソ下手《へた》くそな奴《やつ》!!」

「えっ」

どストレートにそう言われ、日向は思わず泣きそうになった。だが、涙を怒《いか》りでひっこめ言い放つ。

「……バ……バカにすんなよ………!!　確かにあん時はボロ負けしたけど、次は負けない!!!」

そのために、自分に足《た》りないものはすべて補《おぎな》おうと日向はできる限りのことをしてきた。恥ずかしいからと頑《かたく》なにひとりで練習してきた自分を捨てて、女子バレー部やママさんバレーの練習に混ぜてもらった。

ひとりでできることには限界がある。ひとりじゃだめだ。ひとりじゃ勝てない。負けないために。強くなるために。少しでもコートに立っていられるように。

〝コート上の王様〟を倒すために。

春の終わりにそう決心し、夏も、秋も、冬も、そう思いながらひたすら走り続けた。

それなのに。

「……っていうふうに固い決意してきたのに、なんでお前がいるんだ! 同じチームにいたら倒せないじゃねーか!! もっと他に強豪《きようごう》って感じの学校《とこ》があるだろ! なんでソッチに行ってないんだよ!?」

日向にそう言われた影山は不機嫌《ふきげん》そうにそっぽを向く。

「県内一の強豪校には……」

なにか深刻なのっぴきならない理由でもあったのだろうかと思い、思わず唾《つば》を飲みこんだ日向を見据《みす》えて影山は口を開く。

「落ちた」

やけに堂々と言われて、日向は首をかしげる。

「……落ちたぁ？　〝コート上の王様〟なのに⁉」

当然といえば当然の理由だったが、それでも影山に落ちるイメージが思い浮かばない。

日向がそう言った瞬間、影山の眉間《みけん》のシワがさらに深まる。

「っ……その呼び方、ヤメロ！」

今までの不機嫌さがかわいく思えるほど、凶暴《きょうぼう》さが増した影山に日向は戸惑《とまど》う。どうしていいかわからずにいると、入口のほうから声が聞こえてきた。

「いや～！　まさか北川第一のセッターが烏野《ウチ》にね～！」

「でも、ぜってーナマイキっスよ、そいつ！」

その声に、振り向いた影山が「ちわス！」と挨拶《あいさつ》をする。

入ってきたのは三人。お揃《そろ》いの黒いジャージを着ている。その中のひとり、坊主《ぼうず》で細眉《ほそまゆ》の生徒が影山たちを顎《あご》を突き出すように睨《にら》みつけてくる。

「おうおうおう、オメーら勝手に……！」

いったいどこのチンピラだと問いただしたくなるような坊主の生徒を、真ん中のガタイのいい生徒が首根っこをつかんで引き戻す。3年生で主将《しゅしょう》の澤村大地《さわむらだいち》だ。

影山に近づいて、「よく来たなあ！」と歓迎する。

烏野一

「けっこう大きいね」

もうひとりの柔和《にゅうわ》そうな生徒、同じく3年で副主将の菅原孝支《すがわらこうし》がそう言うと、

「最初が肝心《かんじん》っスよ、スガさん！　3年の威厳《いげん》ってやつをガッといったってください」

と、2年の坊主、田中龍之介《たなかりゅうのすけ》はまた威嚇《いかく》するように顎を突き出した。澤村が苦笑《くしょう》まじりに田中を止める。

「田中、その顔ヤメロ」

三人の注目が影山に集まっているので、日向はそろりそろりと後ろに回る。

背は影山のほうが高かったが、三人ともなんだかでかく見えた。

黒いジャージの後ろには、白い文字で『烏野高校排球部《はいきゅうぶ》』と書いてあった。バレーボール部の先輩だ。

日向は自分が憧《あこが》れ続けた烏野に来たんだと、その白い文字に実感する。

そうだ、おれ、烏野に来たんだ……！

「ちわっす！」

勢いこんだ日向の挨拶に、田中が「あーん？」と振り向く。

そして、日向の顔を見るや否《いな》や、

「あっ！　お前、チビの一番!!!」

と、指を差した。

なにごとかと驚いている日向にかまわず、澤村と菅原のふたりも思い出したような驚きの声をあげた。澤村は持っていた入部届けを見直す。

「じゃあ、このもう一枚の入部届けの『日向』って……お前か……!!」

「えっ？」

「いやあ……ちょっとビックリしたな……。そうか、お前ら、どっちも烏野か……！」

驚きながらも、澤村に嬉《うれ》しそうに微笑《ほほえ》まれて、日向と影山はワケがわからずきょとんとする。

「あ、あの？」

どういうことかと問いかける日向に、菅原が答えた。

「俺たち、去年のお前らの試合見てたんだ」

「お前、チビでヘタクソだったけど、ナイスガッツだったぞ！」

田中にそう言われて、日向は嬉しそうに頭を下げる。

「！　あっ、あざース!!」

「バネもすごかったよなぁ」

三人は去年〝コート上の王様〟と噂《うわさ》される影山の実力を見に行っていた。だが、対戦していた日向のジャンプも記憶に刻《きざ》まれていた。一番とは中学の時の日向の背番号だ。

「それにしても、あんま育ってねえなぁ！」

田中が自分と日向の背を手で比《くら》べる。田中との身長の差は、余裕で十センチ以上ありそうだ。それを言われてはぐうの音《ね》も出ない。だがしかし。

「あっ……ぐっ……確かにあんまり変わってませんけどっ……でも！　小さくても、おれは跳《と》べます！　烏野のエースになってみせます！」

日向のその言葉に、影山が反応して苛立《いらだ》ったように眉を寄せる。

「お前〝エースになる〟なんて言うからには、ちゃんと上手《うま》くなってんだろうな？　ちんたらしてたら、また三年間棒に振るぞ」

「……なんだと……」

影山にしてみれば、類《たぐ》い稀《まれ》な能力を持ちながらも、それを活かしきれていないのは怠慢《たいまん》でしかない。使いきれない能力など、宝の持《も》ち腐《ぐさ》れだ。

だが、日向からしてみれば、あの精一杯がんばった三年間を全部無駄《むだ》だと言われたような気分だった。

わかり合えるはずもなく、ふたりは睨み合う。

どちらも一歩も引きそうにない様子《ようす》に、澤村がしかたないなというふうに口を開いた。

「……お前らさー、もう敵同士じゃないってわかってる？　バレーボールは繋《つな》いでナンボ……」

「勝負しろよ、おれと……！」

「ぅオイ!!　大地さんの話の途中だろうが!!」

先輩後輩を重んじる田中の叱咤《しった》も日向と影山の耳には入らない。

「何の勝負だ？」

「バレーの！　決まってんダロ！」

優しく諭《さと》そうとした澤村の笑顔がヒクリと歪《ゆが》む。

その時、入口から声が聞こえてきた。

「……騒《さわ》がしいな、バレー部」

そう言って体育館に入ってきたのは、年齢のわりにつやつやフサフサの髪を携《たずさ》えた教頭だった。面倒《めんどう》くさい人物の出現に、2、3年生の顔が歪む。

「ゲッ、教頭《きょうとう》！」

「〝先生〟っ」

「せんせいっ」

呼び捨てにしたことを小声で菅原に注意され、田中はあわてて敬称とぎこちない笑顔をつけ足《た》す。

「喧嘩《けんか》じゃないだろうね？」

「まさか！　切磋《せっさ》琢磨《たくま》ってやつですよっ、なっ？」

澤村は爽《さわ》やかな笑顔を浮かべて、一触即発《いっしょくそくはつ》の後輩たちに声をかける。

「なんかっつーと〝問題行動〟にしたがる教頭だから大人《おとな》しく……」

澤村の思惑《おもわく》を察知した田中が、まだ睨み合っている日向と影山に小声で補足する。

だが、日向と影山は教頭の存在にも気づいていなかった。

「サーブ。打てよ、全部とってやる」

影山を指さし、宣戦布告する日向。「くォラッ」と怒る田中の声も聞こえていない。

「……お前のサーブ、去年は一本しかとれなかったからな」

その一本も顔面で受けたものだったが、とりあえずそれはおいておく。

「……おれだって、いろんな人たちと練習してきたんだ！　もう去年までのおれとは違う」

まっすぐに静かにそう言い放った日向の目に、影山は反応した。

「……去年とは違う……か」

——おもしろい。あれからどんなふうに変わったのか。

影山はゆっくりした足どりで、近くのボールを拾《ひろ》うと、

「俺だって去年とは違うぞ」

と、窓から差しこんでくる日差しを受けながら、ニヤリと笑った。勝負を受けるという
ことだ。

「コラコラ君たち、勝手なことはやめなさいね」

勝手に話を進めていく日向と影山。そんなふたりに、澤村の笑顔が優しげな声とは裏腹
に固くなっていく。教頭が、いぶかしげな顔で口を開いた。

「あれは1年生かね？」

サーブをするために距離をとった影山は、感触を確かめるようにボールを何度かバウン
ドさせる。

日向はいつきてもいいように、腰をかがめた。

改めて影山と向かい合うと、緊張しそうな自分に気づく。

お、落ち着け、ビビるな。おばちゃんたちのサーブで、さんざん練習してきたんだから
……！

日向はそう自分に言い聞かせる。

「いくぞ」

影山はそう言って、ボールをまっすぐ上へと放り投げた。そしてキュッと高い靴音を立

てて跳びあがる。

ジャンプサーブ⁉　去年は普通の……！

想定外のサーブに驚く日向の向こうから、人を射抜《いぬ》きそうな形相《ぎょうそう》で影山がボールを打つ。

空気を裂《さ》くような勢いのサーブが、日向の顔面に迫《せま》った。

「っ‼」

日向は思わず、本能的にボールを避《よ》けていた。

ライン際《ぎわ》にバウンドしたボールは、壁に当たり跳《は》ね返《かえ》される。

その激しいサーブに、菅原は小さく声をあげ、田中は「俺もとれるかわかんねー」と呟いた。

こんなサーブ打つ奴、女子にもおばちゃんにもいねぇんだよっ。

思わず避けて倒れたまま、心の中でそう叫んでいる日向に、不機嫌さを隠そうともしない影山の声がかけられる。

「――それの、どこが去年と違うんだ」

その声に日向は避けた自分を恥じることを忘れて、立ちあがる。

「――もう一本」

今度こそ、とってやる。日向は影山のサーブに集中した。

「おい！　いい加減《かげん》にしろ！」

「主将の指示を聞かないなんて問題だねぇ」

澤村と教頭のことなど、もはや目に入らず、影山はまたボールを高く上げ、高くジャンプしてサーブを打つ。

向かいコートの右側、ギリギリのラインめがけて、鋭《するど》く落ちていくボール。

だが、コートのほぼ真ん中にいたはずの日向が、瞬時にそのコースに入った。

「！」

それを見ていた影山はハッとする。菅原たちも、日向の反応の速さに目を見開く。

日向はきっちり正面でボールを捉《とら》えて……。

「ほぐっ」

——いたはずが、日向がレシーブしたボールは受けた角度が悪かったのか、日向の頬を直撃し、勢い衰《おとろ》えぬまま、澤村に向かってくどくどと説教をしていた教頭の頰《ほお》にぶつかった。それだけだったのなら、まだ良かったのかもしれない。

突然のことに驚く澤村の前で、ボールがぶつかった衝撃で、やけにつやつやフサフサな髪だけが教頭の頭から、軽やかな放物線《ほうぶつせん》を描きながら飛んでいった。つるりと光る教頭の頭と、そして、ご丁寧《ていねい》にネット状になっているカツラの裏側まで見てしまった日向たちは

啞然《あぜん》とするしかない。

そして、宙を舞う毛量多めの〝烏《カラス》〟は、華麗《かれい》に澤村の頭に着地した。


「いらない！」

日向と影山は、澤村から入部届けをそれぞれ顔に突き返され、体育館の外に追い出された。

「互いがチームメイトだって自覚するまで、部活《ぶかつ》にはいっさい参加させない」

大きな音を立てて、体育館の扉が閉じられる。

突然のことに、日向と影山は茫然《ぼうぜん》とするしかない。

教頭との一件は、お咎《とが》めもない代わりに、何も見なかったことになった。そんな大人《おとな》の世界を垣間《かいま》見たのもつかの間、日向と影山は主将《しゅしょう》の澤村から戦力以前の問題だとつき放されたのだ。

「はぁぁぁ〜⁉」

夕空に、ようやく澤村の言葉の意味を理解した日向と影山の絶叫が響《ひび》き渡《わた》る。

それから、どんなにふたりが部活に参加させてほしいと訴《うった》えても、入れてはもらえなかった。

体育館の中では、2、3年生たちがブロックされたボールを拾《ひろ》う練習をしている。

日向は窓枠《まどわく》にしがみつき、もの欲しそうに中の様子《ようす》を見つめていた。

「目の前にコートもボールもあるのに……おあずけはひどいよ……」

中学の時、ちゃんとしたコートで練習できることが少なかった日向からすれば、コートもボールもある練習場なんて夢のような場所だった。そんな夢のような場所で、今日からたくさん練習するつもりだったのに、とシュンとする。

そんな日向の横で、影山は苛立《いらだ》ちを募《つの》らせていた。部活に入るのは当然。練習するのも当然。試合に出るのも当然。なのに、今、こんなことになっている意味がわからない。

「くっそ！　こんなことしてる時間はない！　さっさと入れてもらう！」

立ちあがった影山に、日向も窓から飛んで着地した。

「チームメイトの自覚、できたのか？」

「俺は戦力になる。部に入る理由なんて、それだけで十分だ」

きっぱりと言い放った影山に、日向は呆《あき》れるより驚いた。なんという自信だろう。

「さすが、おうさ…っ」

日向はさっきの影山の凶暴《きょうぼう》な顔を思い出し、慌《あわ》てて口を押さえる。

「でも、どうすんだよ？」

「俺たちふたりで、2対2の勝負を挑《いど》んで、勝ったら入れてもらう」

試合で一緒に戦えば、嫌《いや》でも仲間っぽく見えるという作戦だ。しかも、先輩相手に負けることは微塵《みじん》も想定していない。

ええーっ⁉　マジか、コイツ。素《す》か⁉　素で言ってんのか⁉

湧《わ》き出《い》でる泉のような自信に、日向は心の中でつっこむ。

そんなことを思われているなど露《つゆ》ほども思わず、影山は日向に向かって言った。

「お前はできるかぎり、全力で俺の足を引っ張らない努力をしろ」

「っ……」

日向は頭にきた。自分はなんの戦力にもならないと言われているのだ。

けれど、ここに、この烏野にくるまでのことを思い返して、言い返したい気持ちを我慢した。

「――バレーボール……やれるなら……！」

日向は決意を新《あら》たにする。どんなに影山が苦手《にがて》でも、バレーボールをしたいという気持ちに勝《まさ》るものは日向にはない。

「ちょっとくらい嫌なことだって、おれは我慢できる！　お前がどんだけヤな奴《やつ》でも！　極力《きょくりょく》、視界に入れないようにがんばる!!」

「こっちの台詞《せりふ》だ！　バカヤロー!!」

「ひえっ!?」

素《す》直《なお》に自分の決意を言っただけなのに、どうして怒《おこ》られたのかわからない日向が驚いた時、「あの」と落ち着いた声がかけられる。

白いジャージに、クーラーボックスを肩にかけたメガネ美女がそこにいた。

「そこ、通してくれる？」

ラフな恰好《かっこう》だというのに、漂《ただよ》う気品。それに圧倒されるように、日向と影山は道を開《あ》ける。

歩くたびに揺れる黒髪から、ふわりと花のようないい香りが漂ってくる。日向と影山は思わず目で追った。

「潔子《きよこ》さん！　お疲れ様です！　お持ちします」

「いい、自分で持っていくから」

メガネ美女が体育館の入口を開けるや否《いな》や、上気した頬《ほお》の田中が駆け寄ってきた。

「潔子さん、今日も美しいっス！」

KARASUNO
HIGH
SCHOOL

それには答えず、メガネ美女は何事もなかったかのように中へ入っていく。

メガネ美女、清《し》水《みず》潔子。３年、マネージャーだ。

「ガン無視、興奮するっス!!」

ゾクゾクとした快感に身《み》悶《もだ》えるように震える田中。それを隠すように、何ともいえない顔で菅原が入口を閉めた。良い子は見ちゃいけません的なことかもしれない。

「……っ！」

「おうっ!?」

ボンッと赤くなった日向に影山が驚く。高校生になったばかりの日向には、刺激が強すぎた。


日向と影山は練習が終わるまで待ち、澤村たちに声をかけた。すっかり辺《あた》りは暗くなっている。

「キャプテン!!　勝負させてください!!」

「おれたちと先輩たちとで!!」

それを聞いたとたん、田中は吹き出し、菅原は困ったように頭を抱《かか》えた。

「ブハハハハッ、マジでか！」

なぜなら、田中が少し前に言った通りのことをふたりが言い出したからだ。

自分たちの行動が予想されていたとは露知《つゆし》らず、日向と影山は「せーの」と小声で言ってから、

「ちゃんと協力して、戦えるって証明します!!」

と、声を合わせた。これも声を合わせれば少しは仲間っぽく見えるだろうという作戦だ。

「……ふーん？」

黙って聞いていた澤村はふたりを見つめたまま、首をかしげた。

田中の予想を聞いた時、もし、日向と影山がそう申し出てくるなら、影山が自分自身の力だけで勝とうとしてくることも澤村は予期していた。もし、そうなら中学から影山はまったく成長していないことになる。

「……ちょうどいいや。お前らの他《ほか》にふたり、1年が入る予定なんだ。そいつらと3対3で試合やってもらおうか」

澤村の言葉に、先輩たちと試合をするつもりだった日向と影山は驚く。

「田中、お前当日、日向たちのほうに入ってくれ」

「えェ!? 俺スか!? 関《かか》わるのはめんどくさいです!」

嫌《いや》そうにそう言った田中に、澤村は至極《しごく》残念そうに言った。

「そっかぁ、問題児を牛耳《ぎゅうじ》れんのは、田中くらいだと思ったんだけどな……」

その言葉に、田中の耳が大きくなる。尊敬する先輩にここまで言われてはしかたない。

ここで引き受けなければ男が廃《すた》る。

「っしょおがねえなあああ!! やってやるよ! 嬉《うれ》しいか!? おい!」

澤村に乗せられたとも知らず、田中は嬉しそうに日向をバシバシと叩《たた》いた。

「——で、お前らが負けた時だけど。少なくとも、俺達3年がいる間、影山にセッターはやらせない」

セッターは、チームの司令塔だ。個人技で勝負を挑《いど》んで負ける。そんな自己中《じこちゅう》な人間が司令塔《セッター》ではチームは勝てない。

そう言った澤村に、影山は叫んだ。

「俺はっ、セッターです!!!」

影山はセッターというポジションに誇《ほこ》りを持っていた。敵のブロックを欺《あざむ》いて、スパイカーの前の壁を切り裂く。難《むず》しくて、かっこよくて、おもしろいのがセッターだと。

「——勝てばいいだろ。自分ひとりの力で勝てると思ったから来たんだろ」

「……っ」

冷静に返され、影山は何も言えない。

「えっ、おれは⁉　おれもいます！」

「――ゲームは土曜の午前」

「おれも、おれもいますよぉっ」

自分の存在が忘れられているような気がして、アピールする日向。

「お前ら、この田中先輩がビシッと……」

崖《がけ》っぷちに立っているような後輩たちにいいところを見せようと、カッコつけた田中は最後まで言いきることなく澤村に中に引っ張られる。

「いいな」

そして扉は閉じられた。

今日の練習内容などをノートに記録していた潔子が、その音に顔をあげる。

「なんかさぁ、あいつらにキツイんじゃねー？」

そう言った菅原に、田中も同意する。

「確かに、いつもより厳《きび》しいっスね。大地さん」

「なにか特別な理由でもあんの？」

菅原の問いに、澤村はゆっくりと口を開いた。

「……お前らも去年のあいつらの試合見ただろ。影山は中学生としてはズバ抜けた実力を持っていたはずなのに、いまいち結果は残せていない。そんで、あの個人主義じゃ中学のリピートだ。チームの足を引っぱりかねない」

バレーは〝繋《つな》ぎ〟が命のスポーツ。いくら個人の能力が高くても、バラバラなチームは弱いのだ。

四人だけの体育館に、澤村の声が響《ひび》く。

「でも中学と違うのは、今、影山と同じチームに、日向がいる。類《たぐ》い稀《まれ》なスピードと反射神経を持ってて、加《くわ》えてあのバネだ。でも、中学ではセッターに恵まれなかった。そして影山は自分のトスを打てる速いスパイカーを求めてる」

日向と影山は、自分の求めているものが互いの中にあるなどと、今は微塵《みじん》も気づいていない。

「あいつら単独じゃ不完全だけど、才能を合わせたら……」

澤村は想像する。

影山の正確無比《むひ》なトスを。そして、それに向かって高く跳《と》びあがる日向を。

「連携攻撃《コンビネーション》が使えたら、烏野は爆発的に進化する……！」

落ちた強豪。飛べない烏《カラス》と言われた烏野。

影山のトスを日向が打つ時、烏は飛ぶのだ。


試合前日、日向と影山は学校の敷地の隅《すみ》で練習していた。辺《あた》りはとっくに暗くなってい て、近くの照明なしではいられない。春といえど東北の夜はまだまだ肌寒かったが、動きっぱなしのふたりからは汗が滴《したた》っていた。

「おい、もっと集中しろ!」

影山が打ったボールに間に合わず、日向は芝生《しばふ》に倒れこむ。

入部届けを突き返された日から、ふたりは田中や菅原の助けを借りながら時間を惜しんで練習してきた。まだまだお互いに反発し、相容《あいい》れられそうもないが、それでも日向の勝利に対する粘《ねば》り強《づよ》さを影山はわずかに認めはじめていた。

何時間も練習し続けてさすがに疲れも見えてきたが、息を切らしながらも日向は立ちあがる。そして、ボールを影山に投げた。

「もう一丁!」

その目には闘志がまだまだ残っている。

切りあげ時かと思っていた影山は、額《ひたい》の汗を拭《ぬぐ》い「行くぞ」と声をかける。

「おう！」

力強く答える日向。

影山は近くに打つふりをして高くボールを上げる。

「後ろだ！」

日向は夜空に上がったボールを見失わないよう、必死に後ろへ移動する。そして、落ちてくるボールを真下で待ちかまえた。

「よっしゃ！」

とれると思ったその瞬間、日向の視界に大きな手が割りこんできてボールを先に受け止めた。

「うおっ⁉」

「君らが初日から問題起こしたっていう1年？」

そう問いかけてきた相手を振り返り、日向はその背の高さに唖然《あぜん》とした。

ふだん、人を見あげてばかりいるが、その角度が違う。グンッとあげなければならない。

「ゲッ、Tシャツ⁉　寒っ」

ボールを手にした、色素の薄い髪に黒縁《くろぶち》のメガネをかけている背の高い生徒の後ろから、そばかすの目立つ地味《じみ》な顔をした生徒が顔を出して言う。

「かっ、返せよっ」

背の高さに驚いていた日向だったが、ボールをとられたことを思い出し、とり返そうとする。だが、背の高い生徒は日向にとらせないようボールを上げてしまう。

精一杯《せいいっぱい》、手を伸ばしても、日向には届かない。まるで大人《おとな》と子供だ。

「入部予定の、他《ほか》の1年か？」

影山は、その身長とボールの扱いに慣れている様子《ようす》を見てそう聞いた。

「……アンタは北川第一の影山だろ？　そんなエリート、なんで烏野にいんのさ」

「……あ？」

薄く笑いながらの嫌味《いやみ》を含んだ声色《こわいろ》に、影山は眉《まゆ》を寄せる。

背の高い生徒はそんな影山に近づき、すれちがいざま、口を開く。

「……県予選の決勝、見たよ」

「――――！」

そう言われた影山は、小さく息を呑《の》み体を強張《こわば》らせた。

「あんな自己中《じこちゅう》トス、よく他《ほか》の連中《れんちゅう》我慢したよね。僕ならムリ。……あ！　我慢できなかったから、ああなったのか」

「っ……」

影山の脳裏《のうり》に、その時のことが蘇《よみがえ》る。

誰かに、上げたはずのトス。それは誰にも触れられることなく、ただ床《ゆか》に落ちた。

影山は思わず、背の高い生徒の胸ぐらをつかむ。つかまれた生徒が持っていたボールが落ちた。

「ツッキー！」

そばかすの生徒が心配したような声をあげる。

突然のことに驚いている日向の前で、まるで傷に触《さわ》られでもしたかのような影山が背の高い生徒を睨《にら》む。だが、その目にいつものような強さはない。一方、背の高い男は胸ぐらをつかまれてもただ薄く笑っているだけだ。

「……っ」

やがて、影山が無言でその生徒から離れた。

日向は納得《なっとく》がいかない。いつもの自信満々で横暴な影山なら、こんな感じの悪い相手に黙っているなんてありえない。むかつく余計《よけい》なひと言をつけ加えて言い返すくらいしているはずなのに。

「……きりあげるぞ」

「⁉　ええっ⁉　おいっ」

影山はそう言いながら自分の荷物を持つ。これでは、まるで逃げ帰るみたいだ。

「逃げんの？　〝王様〟もたいしたことないね」

日向は思わず背の高い生徒を睨む。影山はそう言われても何も言い返さない。なぜだか無性《むしょう》に腹が立った。

「明日の試合も、王様相手に勝っちゃったりしてー……」

背の高い生徒が拾《ひろ》ったボールを片手で弄《もてあそ》ぶように高く上げたその時、日向はジャンプしてそのボールを空中で奪う。

自分の背を悠々《ゆうゆう》超えた位置でボールを奪われ、背の高い生徒は一瞬、背筋《せすじ》が寒くなるような驚愕《きようがく》を覚えた。

「王様王様って、うるせえ！　おれもいる‼　試合で、その頭の上、打ちぬいてやる‼」

日向のまっすぐすぎる宣戦布告《せんせんふこく》に、背の高い生徒の顔色が変わった。

「……は？」

温度の低い苛立《いらだ》ちを含んだ声と蔑《さげす》むような目に、日向は思わず後ずさる。

「うっ……なんだあ、コラぁ……おらぁ……やんのかあ、こんにゃろぉ」

よわよわしく握《にぎ》り拳《こぶし》を振りあげる日向に、背の高い生徒は一息吐《つ》くと一転して爽《さわ》やかに笑った。

「そんなキバんないでさ、明るく楽しくほどほどにやろうよ。たかが部活なんだからさ」

たかが？　その言葉に日向は引っかかる。日向にとっては、たかが、じゃない。目標で憧《あこが》れで、夢で、今の自分の全《すべ》てなのだ。

「じゃ、またね」と帰ろうとする背中に、「おい待てコラぁっ！」と声をかける。

「結局お前ら、どこのどいつだっ‼」

背の高い生徒と、そばかすの生徒が、月を背に振り返る。

「……1年4組、月島蛍《つきしまけい》」

「俺は山口忠《やまぐちただし》」

「今日から君たちのチームメイトだよ。あ、今は敵か。〝王様のトス〟見れるの楽しみにしてるよ」

「じゃあね」と去っていく月島と山口を見ながら、日向は怒《いか》りがおさまらない。

「なんだよ、すっげー感じ悪い奴《やつ》ら！　絶対ブッ倒すぞ‼」

「……言われるまでもねえよ」

そう言って帰ろうとする影山に、日向は言った。

「おい、どこ行くんだよ？」

言われた意味がわからず、影山は「はぁ？」と振り返る。

「まだ終わってないだろ」

日向はそう言いながら、ボールを掲《かか》げた。怒りは闘志に火をつけたようだ。

挑むようなまっすぐな目に、影山は小さく息を吐いて自分の荷物を置いた。


翌日の土曜の朝。

3対3の試合当日の第二体育館には、他《ほか》の部員たちも集まっていた。「おはようございます」とやってきた潔子を見て、日向がそわそわする。田中は満面《まんめん》の笑《え》みで声をかけては無視され、いけない喜びに悶《もだ》えた。近くでストレッチしていた同じ2年の縁下《えんのした》が、そんないつもの光景に呆《あき》れて笑う。

「美女だっ、なああ、あの人マネージャーかな⁉」

日向は少し離れてストレッチをしている影山に話しかけるが、影山は聞こえているのかいないのか、ただ黙々《もくもく》とストレッチを続けている。

昨日《きのう》、月島に県予選のことを言われてから様子《ようす》がおかしい。そんなことを日向が思っていると、澤村が「よーし、じゃあ始めるぞ」と、声をかけてくる。

「月島たちのほうには、俺が入るからー……」

「ええっ、キャプテンが⁉」

心配そうに眉《まゆ》を寄せる日向に、澤村は苦笑《くしょう》した。

「大丈夫だよ。攻撃力は田中のほうが上だから！　でも手は抜かないからな」

それを聞いていた田中はわずかに顔をしかめた。

先輩と戦うのは大会とかではないにしろ、微妙なやりにくさがある。どうしたものか……と思っていると、月島がまるで注目しろと言わんばかりに、わざとらしく咳払《せきばら》いをしてから澤村に向かってこう言った。

「小さいのと田中さん、どっち先に潰《つぶ》……抑《おさ》えましょうかあ」

その言葉に日向はムッとして振り返り、田中は耳を大きくする。

「あっそうそう、王様が負けるところも見たいですねえ」

月島の言葉に影山がピクッと反応する。だが、振り返りはしなかった。

そして、試合開始。

「そォォらァァア!!!」

月島の挑発《ちょうはつ》に完全潰《つぶ》すモードに切り替わった田中のスパイクが、月島のブロックを吹っ飛ばして決まる。頼《たの》もしい先輩に、日向はキラキラと目を輝かせた。

「ウッシャアァァ〜!!!」

田中は脱《ぬ》いだ上着を振り回し、上半身裸で雄叫《おたけ》びをあげる。

「田中、うるさい!」

「喜びすぎ!」

「いちいち脱ぐな!」

得点ボード脇《わき》で見ていた菅原と縁下と同じく2年の木下《きのした》から野次《やじ》が飛ぶ。

「田中を煽《あお》ったのは、失敗だったかもね」

澤村がそう言うと、思惑《おもわく》が外《はず》れた月島は舌打ちした。

笛が鳴り、月島チームからのサーブが飛んでくる。

「前、前っ」

「オッケー！」と田中がレシーブする。

さっきの田中のアタックを見て、次は自分もと日向は奮《ふる》い立《た》っていた。早くスパイクを打ちたくてしかたがない。

「日向！」

影山が叫んで、日向へトスが上がる。自分へのトスが上がる喜びを隠そうともせず、日向はボールに向かって走りだす。

記念すべき、高校の試合一発目。

キュッと音を立てて跳《と》ぶ日向。その高さに、審判をしていた潔子も、菅原たちも目を見張る。

——決めてやる!!

だが、思いきり打った日向のスパイクは、無表情な月島のブロックにいとも簡単に跳《は》ね返《かえ》された。

中学の試合が蘇《よみがえ》る。何度も何度も高い壁に阻《はば》まれた。

そして、今また目の前にも高い高い壁が立ちはだかる。

ネット越しに薄笑いを浮かべて月島が日向を見下《みお》ろした。

「この間もビックリしたけど、君、よく跳ぶねぇ！　それであとほぉんの30センチ、身長があればスーパースターだったかもね」

「っ……」

悔《くや》しさに、日向は歯を食いしばった。身長は努力だけではどうにもできない。

月島は次に影山を見る。

「ホラ、王様！　そろそろ本気出したほうがいいんじゃない？」

からかうような月島に、日向がムッとする。

「なんなんだ、お前！　この間からつっかかりやがって!!　王様のトスってなんだ!!」

「君、コイツがなんで〝王様〟って呼ばれてるか知らないの？」

月島は影山を指さす。

「こいつがなにかすげー上手《うま》いから、他《ほか》の学校の奴《やつ》がビビッてそう呼んだ、とかじゃないの？」

日向の言葉に、月島が笑った。

「そう思ってる奴もけっこういると思うけどね」

訝《いぶか》しげに眉《まゆ》を寄せる日向。月島は影山を横目で見て口を開く。

「……でも噂《うわさ》じゃ〝コート上の王様〟って異名《いみょう》、北川第一の奴《やつ》らがつけたらしいじゃん。

〝王様〟のチームメイトがさ。意味は……自己中《じこちゅう》の王様。横暴《おうぼう》な独裁者《どくさいしゃ》」

影山は何も言わず、その言葉を聞いていた。


中学の県予選の決勝。北川第一は大差でリードを奪《うば》われていた。

影山はなんとかしなければと焦《あせ》り、相手の高いブロックを振りきらなくてはと速いトスを上げる。だが、いきなりそれに合わせられるはずもない。

速いトスに追いつけなかったチームメイトが影山に食ってかかる。

「フザけんな!! 無茶《むちゃ》すぎんだよ、お前のトス!! 打てなきゃ意味ねぇだろうが!!」

他《ほか》のチームメイトも影山を非難するような視線を向けていた。だが、影山はそれに気づかず、ただ勝利を追い求めた。

――ここで終わんのか? ここで負けるのか!? 違う!! 俺は全国に行く!!

「もっと速く動け!! もっと高く跳《と》べ!! もっと、もっと、もっと……!!!」

そして、上げたトスの先には誰もいなかった。いつの間にか深くなっていた溝《みぞ》。いつの間にかひとりでバレーボールをしていた。

自分の才能を当たり前にあるものだと思っている人間は、知らず、周《まわ》りに自分と同じレベルを求めてしまう。それが当たり前だと。そして、それは時に人を孤立させる。

〝王様〟は、仲間からの拒絶の言葉だった。


「でも、ソレ、中学の時の話でしょ？　おれにはちゃんとトス上がるから、べつに関係ない」

こともなげにそう言った日向に、影山が目を見開いた。

「月島に勝って、ちゃんと部活入って、お前は正々堂々セッターやる！　そんでおれにトス上げる！　それ以外になんかあんのか⁉」

「〜〜〜〜〜……」

日向にそう詰め寄られて、影山は顔をしかめる。ぐうの音《ね》も出なかった。正論すぎる正論。単純すぎる思考。だが、それに心が軽くなるのはなんだか癪《しゃく》だった。

そして月島のサーブ。

「気合で身長差は埋《う》まらない。努力で全部なんとかなると思ったら、大間違いなんだよ」

日向のまっすぐさに苛立《いらだ》ちを隠《かく》そうともせず、月島はサーブを打った。

「任《まか》せろ！」

「田中さん！」

田中がレシーブしたボールはまっすぐ影山へと向かう。

「俺に上げろ!!」

日向も田中も自分に打たせろと影山にアピールしてくる。

落ちてくるボールを見ながら、影山はどっちに上げるか迷っていた。だが、さっきの日向と月島の真《ま》っ向《こう》勝負では、日向ではまだ月島に勝てそうにない。

「田中さ……」

「影山!!!」

影山が田中に上げようとしたその時、日向が叫んだ。

思わず振り返った影山が見たのは、初めて会ったあの試合の時のように、体を大きくしならせ、跳《と》んでいる日向の姿だった。

「いるぞ!!!」

「っ……！」

目に飛びこんできた日向の引力に引きつけられるように、影山は体をのけ反《ぞ》らせて一歩踏《ふ》みこみ、田中に上げようとしていたトスを日向に向けて上げる。

「ふぐっ……！」

ギリギリでボールにかすった日向のスパイクは相手コートのライン外に弱々しく落ちた。

突然のことに、飛びこんだ澤村も間に合わず、コートに滑《すべ》りこむ。

なにごとかと、月島も田中も日向たちを見た。

「アップねー……空振《からぶ》るトコだった……。アウトだけど」

想像どおりにはいかなかったのか、日向は冷《ひ》や汗《あせ》をかきながら呟《つぶや》く。冷や汗をかいたのは影山も同じだった。

「お前っ、何をイキナリ……ッ」

「でも、ちゃんと球《ボール》きた!!!」

日向の叫びに、影山は驚く。

「中学のことなんか知らねえ!!　おれにとっては、どんなトスだって、ありがたぁ～いトスなんだ!!　おれはどこにだって跳ぶ!!　どんな球《ボール》だって打つ!!　だから！」

日向はドンと胸を叩《たた》いて、シャツを握《にぎ》り締《し》める。

「おれにトス、持ってこい!!!」

いっさい迷いのない強い響《ひび》きが、影山の胸に突き刺さる。

トスが上がらなければスパイクは打てない。だが、トスを上げても打たれなければ、そこにセッターのいる意味はない。

負ければ、もうコートには立っていられない。だから勝ちたい。その想《おも》いは同じ。そのために自分は、何をするべきなのか。

「……スパイカーの前の壁を切り開く……そのためのセッターだ」

影山はそう言って、ネット越しに月島と対峙《たいじ》する日向の隣に立った。

澤村も田中も菅原たちも、そして日向も驚く。今までの影山からは想像もできない言葉だった。

影山は自分でも気がつかないうちに変わりはじめていた。

影山・日向チーム11ポイント、月島・山口チーム16ポイント。点差はだいぶ開いている。

「ナイッサー！　一本！」

相手チームのサーブに、影山は大きく深呼吸してから目を開く。

――すっげー集中……。

落ち着きながらも、ピンと張りつめた影山の集中力に、近くで見ていた田中は心の中で圧倒された。

「っ！」

山口がサーブを打つ。

影山はコートの全《すべ》てを把握《はあく》しようと、意識を研《と》ぎ澄《す》ませる。

——見ろ、見ろ。敵《ブロック》の位置は？　ボールの位置は？　日向《スパイカー》の位置は？　次にどう動く？　どこに跳ぶ？　日向《コイツ》のジャンプのMAX《てっぺん》はどこだ？

その時、右端《はし》の月島と山口の前で跳ぼうとした日向が、突然反対側へ走りだす。ブロックのかまえをしていた月島はハッとして、あわてて日向を追いかけた。

瞬《また》きの中、影山は日向のその姿を視線で追う。

日向は走りながら思っていた。

長身の選手より高さで劣《おと》るなら、一センチを、一ミリを、一秒早く頂《てっぺん》へ!!

日向が目を閉じながら強く踏みこみ、跳ぶ。影山のトスがくるのを疑いもせず。

そのタイミングに合わせて影山が指先を日向に向け、トスを放った。

日向を捕《つか》まえようとするかのように追いかける月島を追い越し、ボールはまっすぐに日向に向かって進んでいく。

壁をかわし、一秒でも速く高く跳べば、今、この瞬間だけ、ここが一番高い場所。

日向が振《ふ》り下《お》ろそうとするその手に吸いこまれるように、影山のトスがやってきた。

激しい音とともに、日向はそのボールを打つ。

落ちる直前、そっと開《あ》けた日向の目に映《うつ》ったのは、差しこんでくる朝日。そこに壁《ブロック》はなく、追いつかなかった月島の手を越え――

――これが、〝頂《いただき》の景色〟。

澤村のフォローも間に合わず、ボールは相手コートに打ちこまれた。

みんなが啞《あ》然《ぜん》とするなか、影山はゆっくりと自分の両手を見た。トスは、スパイカーに打たれるために放たれる。自分の放つトスは、日向に届く。

日向もボールを打った手を見つめた。赤くなり、ジンジンと熱い。点が入るスパイクを打てたことが、夢じゃないと教えてくれる。

「――オシ!!!」

ふたりはその感触を嚙《か》みしめるように、歓喜《かんき》の声をあげた。

その後、影山・日向チームは逆転し、晴れて入部が認められた。

さっそく配られた先輩たちとお揃《そろ》いの〝烏野高校排球部〟の黒ジャージに袖《そで》を通す。

日向は一張羅《いっちょうら》を着た子供のように目を輝かせながら、その姿を田中と菅原に見てもらう。

「おう！　似合ってるぞ！」

「うん、似合ってる、似合ってるぞ～」

そういう田中と菅原は、親戚《しんせき》の子の七五三を見るおじさんのようだ。

澤村が1年たちに声をかける。

「これから、烏野バレー部として……せーの！」

「よろしく!!」と2、3年生が声を合わせた。突然挨拶《あいさつ》され、驚いていた日向と影山だったが、顔を見合わせてから、

「……おす!!!」

と、返事をした。

やっと、やっと烏野バレー部に入部できたことを実感しながら。

嵐

HAIKYU!!

それから、青葉城西高校《あおばじようさい》との練習試合を経《へ》て、烏野《からすの》バレー部は少しずつ成長を遂《と》げた。

その日の帰り道、田中《たなか》と日向《ひなた》と影山《かげやま》が寄ったのは坂ノ下《さかのした》商店だ。

ただでさえ食べ盛りの高校生が、部活で遅くまで練習すれば腹が減るのは当然。そんな烏野の生徒たちの帰り道にある、空腹を満たす憩《いこ》いの場である。

いつものように中華まんを頼んだ田中たちに向かって、店番の男が漫画《まんが》雑誌とタバコ片手に答える。

「中華まん？　さっき、サッカー部が買っていったのが最後だ！　それで今日は、もう終了!!」

まだ若く、金髪で一見コワモテだが人を寄せつけない雰囲気ではない。気安い下町の兄ちゃんといった感じだ。

「ハラへった〜っ」

「ショクムタイマンだっ！」

と、抗議する日向と田中。影山はただじっと見ている。

「ウルセエェ‼　さっさと帰って、ちゃんとした飯《めし》を食え‼　筋肉つかねえぞ‼」

ないものはない。男に一喝《いっかつ》され、日向たちは腹を鳴らしながら、とぼとぼと帰ろうとする。

「〜〜〜〜〜」

しょぼくれたその姿を見かねたのか、男は三人に向かって「おらっ」と、棒状《ぼうじょう》のおかしを放り投げた。影山は片手で、日向は顔で、田中は口で、それぞれ受けとる。

ぐんぐんバー。かわいいキリンのイラストがパッケージの、高たんぱく、低カロリーの栄養補助食品だ。

「あざーす‼」

「ちゃんと飯食えよ」

空腹時に食べ物をくれる人は、全《すべ》て救世主に見える。三人は心からお礼を言い、うきうきと店を後にした。

三人が店を出ていくと同時に、ジリリリリッと今や懐《なつ》かしい黒電話が鳴る。

「あいあい」と男は咥《くわ》えタバコで受話器をとった。

「あい、坂ノ下商店」

電話の相手の声を聞いた男は、どこか不機嫌《ふきげん》そうに、

「……またアンタかよ」

と、タバコの煙を吐き出した。


翌日の放課後、影山は少し早めに第二体育館に来ていた。

ひとりで、サーブの練習をするためだ。昨日《きのう》の青葉城西との練習試合で、久々に中学のバレー部の先輩、及川《おいかわ》のサーブを見た。威力もコントロールもすごかった。

インターハイの予選までもうすぐ。それまでトスだけでなく、他《ほか》のことももっとレベルを上げておかなければ。

影山は目を閉じ、ボールを額《ひたい》に当てて心を静かに落ち着かせた。

向こう側のコートのラインぎりぎりに空《から》のペットボトルが置いてある。コントロールを正確にするために、サーブでそれを倒すのだ。

影山はボールを高く放《ほう》って、ジャンプしてサーブを打つ。

鋭《するど》く放《はな》たれたボールは、ペットボトルにまっすぐ落ちていく。

当たるかと影山が思ったその瞬間、そのボールの先にシュバッと日向が現れた。

「⁉」

「うあっ！」

バガァンッと大きな音を立てて、レシーブする日向。だが、サーブの威力にそのままひっくり返る。両足を垂直に上げているその姿は、まるで犬神家《いぬがみけ》の一族《いちぞく》だ。

「おい邪魔《じゃま》すんな、ボゲ日向ボゲェッ！　今、当たったかもしんねぇのに‼」

「とった⁉　おれとった⁉」

邪魔されてご立腹の影山を気にすることなく、日向は自分のレシーブのできが気になる。日向も昨日の練習試合で、自分ももっとレシーブもスパイクもみんな上手《うま》くならなければと思ったのだ。

「とれてねえよ、ボゲェ！　ホームランだろ‼」

ホームランとは、体育館の上の通路にボールが上がってしまうことだ。

日向はシュンとして、ボールをとりにいく。

影山はそんな日向に「アホッ」と声をかけ、気をとり直し、新しいボールを手にした。

そしてまたジャンプサーブを繰《く》り出《だ》す。

ボールは申《もう》し分《ぶん》ない角度で、ペットボトルに向かっていく。

今度こそ当たると影山が思ったその時、シュンとした日向の横を何ががすぎ去った。黒い学ランの上着を残して。

ボールの先に入ってきた小柄《こがら》な生徒のTシャツの背には、一騎《いっき》当千《とうせん》の文字。

また邪魔に入られて顔をしかめる影山の前で、その生徒は勢いよく迫《せま》るボールを余裕の笑顔を浮かべたままレシーブした。

ドッ……。

ボールが静かに跳《は》ねあがる。勢いも回転も全部殺し、返球はきっちりセッターのいる位置。完璧なサーブレシーブに、影山は唖然《あぜん》とする。

髪をツンと立てた小柄な生徒は、得意げに自分の投げ捨てた学ランを拾《ひろ》い肩にかけた。

日向も影山と同じように唖然としていたが、ふとあることに気がついて小柄な生徒に近づく。まさか、そんなことがあるなんて……。

じっと見つめてくる日向の視線に生徒は、「ん？」と気づく。

「おれより小さい……⁉」

日向にそう言われた生徒は激昂《げっこう》した。

「あぁ⁉　てめえ、今なんつったァ、コラァ‼」

「ご、ごめんなさっ……！」

どうやら逆鱗《げきりん》に触れてしまったらしい。

しかし、日向にとっては自分より小さい男子生徒に出会うなんて、宇宙人に遭遇《そうぐう》するほどめずらしい確率なのだ。確かめずにはいられない。

「おおっ、ノヤっさん!!」

そこへ田中がやってきた。小柄な生徒に嬉《うれ》しそうに近寄る。

「おーっ、龍《りゅう》!」

あとからやってきた澤村《さわむら》と菅原《すがわら》も嬉しそうだ。

「西谷《にしのや》!!」

「チワース!」

ポカンとしている日向と影山に気づいて、澤村が言った。

「そういえば初めてだったな。2年の西谷だ」

烏野の守護神《しゅごしん》、西谷夕《ゆう》。ポジションはリベロ。

日向は噂《うわさ》に聞いていた人物に、心躍《おど》らせた。守護神なんて異名《いみょう》を聞いてから、どんな人かとワクワクしていたのだ。今まで部活に出てこなかったのは、一週間の自宅謹慎《きんしん》と約一か月の部活禁止のためだったらしい。ようやく禁止が解《と》けたのだ。

「チワース!」

「おース! お前ら、1年か!」

西谷はさっきまで怒っていたことなどすっかり忘れて笑顔になる。そして影山を指さした。

「さっきのサーブの奴《やつ》！　そのデカくて目つきの悪いほう！　お前、ドコ中だ!!」

「……北川第一《きたがわだいいち》です」

「まじか！　強豪《きょうごう》じゃねーか！　どうりであのサーブか!!」

ぐんっと近づいてくる西谷のパワーに押されるように、影山は口ごもる。

「にし……西谷さんは、どこの中学なんですか？」

「千鳥山《ちどりやま》だ!!」

「！　強豪じゃないですか！　なんで烏野に⁉　やっぱり烏養《うかい》監督の復帰を聞いて⁉」

烏養とは無名だった烏野を、小学生の日向が見た、あの春高《はるこう》の全国大会まで導《みちび》いた監督だ。

県内一の強豪校・白鳥沢《しらとりざわ》学園に落ちた影山が烏野を選んだのは、名将《めいしょう》・烏養監督が復帰すると聞いたからだった。だが、監督が倒れて、復帰が流れてしまったという。だから、そんな期待をこめて聞いた影山に、西谷は真剣な目をして口を開いた。

「……いや、俺が烏野に来たのは……」

その様子《ようす》に、影山も日向も思わず息を呑《の》む。

「女子の制服が好みだったからだ。すごく！」

拳《こぶし》を握りしめて熱《あつ》く語る西谷に、真剣に聞いていた影山と日向は「……はぁ？」と目が点になる。だが、そんなふたりのことなど気にもせず、西谷は続けた。

「もちろん女子自体も期待を裏切らなかった！　それになんつっても！」

そして肩にかけていた学ランにバッと袖《そで》を通す。

「男子が学ランだからだ!!　黒のな!!　俺、中学がブレザーで学ランに憧れてたんだよ！茶とかグレーじゃなく、黒な！」

ポカンとする日向と影山が顔を見合わせる前で、「わかる〜！」と、田中が同意する。学ランには男のロマンがある。ブレザーなど所詮《しょせん》、スーツのようなものではないか。学ランは学生のうちにしか着られない青春の証《あかし》なのだ。それに、なんといってもカッコいい。

「烏野は黒学ランだし、女子も制服かわいいし、家からも近い！　迷わず決めたね!!」

そう言いながら、西谷の鼻がピクピクと反応した。久し振りの懐《なつ》かしい花のような香りに、ハッと体育館の入口を見る。

ちょうど潔子《きよこ》が入ってくるところだった。

「潔子さぁ〜ん!!　貴女《あなた》に会いに来ましたぁ〜!!」

「!?」

目を輝かせながら突進してくる西谷に、潔子のふだんはクールなその顔がビクッと歪《ゆが》む。だが、久しぶりの再会に西谷の勢いは止まらず、飛びかかろうとしたところを潔子にビンタされた。西谷と田中は潔子のファンらしい。

「相変《あいか》わらず嵐のようだな」

遠巻きに見ていた菅原がそう言うと、「ゲリラ豪雨《ごうう》……」と日向も呟《つぶや》いた。

それを聞いた澤村は「やかましいだろ」と笑う。

「……でも、プレーはびっくりするくらい……静か」

そういう澤村の声には、西谷のプレーに対する信頼がこめられていた。


「ローリングッ、サンダァァァ!!!」

西谷はそう叫《さけ》ぶと、ボールを片手でレシーブしシュバッと回転した。上がったボールは華麗《かれい》にボール入れの中に落ちる。

「……あっ、うん、ナイスレシーブ」

「ただの回転レシーブじゃねーか!」

得意げな西谷に、菅原がどう反応していいものか戸惑《とまど》ったように言い、田中は大笑いしながら西谷を指さす。

「なんで叫んだんですか?」

「なに、いまの……」

「ブッフフ……ッ」

心底《しんそこ》わからない顔で影山が聞けば、月島《つきしま》は小ばかにしたように笑い、山口《やまぐち》は笑いがこらえきれず肩を揺らしている。

得意げに披露した最高にカッコいい必殺技を笑われ西谷は激昂《げっこう》する。

「影山、月島、山口! まとめて説教してやる! そこに屈《かが》め! いや、座《すわ》れ! 俺の目線より下にこい!!」

「教えてぇ、ローリングサンダー教えてぇ〜」

そんななか、日向だけが西谷の必殺技に痺《しび》れていた。

西谷が部活禁止の処分にさせられた原因は、ある試合がきっかけでエースともめたせいだった。そのエースは今も不在だ。それを知った西谷は激怒し、エースが戻るまで自分も部活に戻らないと宣言した。

だが、日向のレシーブを教えてほしいという熱意と「先輩!」という魅力的な呼び名に打たれ、とりあえずレシーブだけは教えることになったのだ。

そこへバレー部顧問《こもん》の武田《たけだ》が「おつかれさまーっ、みんな、ちょっと聞いて」と駆《か》けこんできた。バレーに関しては素人《しろうと》だが、メガネで気弱そうな外見とは裏腹《うらはら》に、部員のがんばりになんとか応《こた》えようとする熱いところがある先生だ。

「皆、今年もやるんだよね？　ゴールデンウィーク合宿!!」

合宿という部活っぽい響《ひび》きに日向が目を輝かせる。

「ハイ、まだまだ練習が足《た》りないですから」

澤村の答えに、武田がもったいぶったようにメガネを上げる。

「それでね、ゴールデンウィーク最終日なんだけど……練習試合、組めました!!」

その言葉にみんな歓声《かんせい》をあげる。

「すげえ！　頼《たの》もしいな、武《たけ》ちゃん!!」

「相手はどこですか!?」

菅原の問いに、武田はみんなと一緒に喜んでいた表情を一変《いっぺん》させ、口を開いた。

「東京の古豪《こごう》、音駒《ねこま》高校。通称〝ネコ〟」

突然出てきたキーワードに、「猫？」と聞く日向。隣の田中が答える。

「俺らも、話だけはよく聞いててよ。前の監督同士がライバルで、よく遠征に行ってたんだと」

「ほーっ」

「そうそう、名勝負！　〝猫《ネコ》対烏《カラス》！　ゴミ捨て場の決戦！〟っつって」

「それ本当に名勝負だったんですか」

菅原の説明に月島が温度低くつっこむ。争うのがゴミでは、どうもカッコよくない。

それでも、実力も近くて相性《あいしょう》もよかったので、遠出する価値のある練習試合ができたと聞いていた先輩たちは、いつか戦ってみたいとたまに話していたらしい。

「でも、ここしばらく接点なかったのに、どうして今？」

澤村が聞くと、武田のメガネの奥の目に力がこもる。その目はどこか策士《さくし》のようだ。

「うん、詳《くわ》しいことは後で話すけど、音駒っていう好敵手《こうてきしゅ》の存在を聞いて、どうしても〝因縁《いんねん》の再戦〟をやりたかったんだ。相手が音駒高校となれば、きっと〝彼〟も動くハズ」

そんな〝彼〟は坂ノ下商店で店番をしながら、くしゃみをした。

ある日の放課後。3年の東峰旭《あずまねあさひ》は帰ろうと廊下を歩いていた。
大柄《おおがら》な体軀《たいく》に、顎《あご》ヒゲ、後ろで長髪《ちょうはつ》を丸くまとめている。人を威圧《いあつ》するような風貌《ふうぼう》だが、内心は気が弱い。

廊下を歩く生徒たちは、部活に行く者、友達と遊びにいく者、それぞれ予定がある。だが、東峰に予定はなく、ただ家に帰るだけだ。

バレー部に顔を出さなくなって、もう一か月近くになる。ある試合がきっかけで、エースと呼ばれるのが辛《つら》くなり、顔を出せなくなってしまっていた。

その時、キュッという耳に馴染《なじ》んだ音が聞こえてきた。バレーシューズが体育館の床《ゆか》を擦《こす》る時の音だ。そして、ボールの弾《はず》む音もする。

振り向くと、そこは第二体育館の入口へ続く通路だった。

中から聞こえてくる「もう一本、もう一本こぉい！」という声に誘われるように、躊躇《ちゅうちょ》しながらも、東峰は体育館の入口からそっと中を覗《のぞ》く。

「うるせえ、わかってんだよ、いくぞ！」

「おう！」

中では影山が上げたトスを日向が打ったところだった。

完璧《かんぺき》なタイミングのトス。しなやかなバネから繰《く》り出《だ》されるスパイク。

少し前に日向と影山は、部活に出てこなくなった東峰を訪ねていた。

その時に、眩《まぶ》しいほどまっすぐに、エースになりたいと、だからエースが見たいと言っていた日向。東峰は自分の手のひらを見る。

ジャンプすると、ネットの向こう側がぱあっと広がる。そして、一番高い場所で、ボールが手に当たり、その重さが手にズシッとくる。あの感じが大好きだと日向は言った。

よく知っている、と東峰は思った。

ジンと痺《しび》れる感覚を思い出して、胸がしめつけられたその時、

「よっしゃ！　対猫戦も速攻《そっこう》決めるぞ！」

と、日向が言った。

「えっ」

その言葉に東峰は思わず小さく声をあげる。

ネコ？　あの音駒と試合？　東峰も因縁《いんねん》の再戦に心動かされるひとりだった。

「ゴールデンウィーク最終日に練習試合なんだ」

後ろから聞こえた声に東峰はビクつき、振り返る。

そこにいたのは澤村だった。東峰は「ゲッ」と青ざめて、そそくさと逃げようとする。

「ゲッってなんだ！　おい、逃げるな!!」

「だってお前、怒《おこ》ると怖《こわ》いんだもん！」

「今、べつに怒ってないだろ！」

澤村は一息ついて、口を開く。

「猫《ネコ》対烏《カラス》、ゴミ捨て場の決戦！　よく話に聞いてた、あの〝猫〟と今、俺たちが数年ぶりに再戦ってなるとちょっとテンション上がるよな」

今の烏野からすれば、べつに因縁も何もない。だが、監督やOBから聞いていた話でいつのまにか音駒の名前は特別なものになっていた。

楽しげに語る澤村に、東峰は申し訳なさそうに眉《まゆ》を寄せた。

「……けど俺は、スガにも西谷にも合わせる顔がない」


約一か月前の三月。ある大会で烏野は伊達《だて》工業高校と対戦した。その試合で、エース・東峰のスパイクは徹底的にブロックされたのだ。

鉄壁《てっぺき》のブロック。渾身《こんしん》の力で何本スパイクを打っても、跳《は》ね返《かえ》される。

「ドンマイ！」

「もう一本！」

それでもリベロである西谷は懸命《けんめい》にボールを拾《ひろ》い、菅原はそれを東峰に託《たく》す。

「ナイス、ノヤッさん！」

「旭！」

菅原から上がったトスを東峰が打つ。だが、鉄壁は揺るがない。落ちたボールに西谷が飛びこむが間に合わなかった。

「クソッ……！」

伊達工への歓声《かんせい》があがるなか、西谷が悔《くや》しそうに床《ゆか》を叩《たた》く。

点差は開き、あと一点とられれば負けてしまう大事な場面。

東峰は、ふと怖《こわ》くなった。

トスを呼んでも、せっかくみんなが繋《つな》いだ大事なボールは、きっとまた弾《はじ》き返《かえ》されてしまう。自分のスパイクは決まらない。

「旭さん？」

「旭……？」

茫然《ぼうぜん》と立《た》ち尽《つ》くす東峰に西谷と菅原が気づいた。

東峰は、トスを呼ばなかった。

——呼べなかった。

そして、烏野はそのまま負けた。

情《なさ》けなさそうに眉《まゆ》を寄せたままの東峰に、澤村は呆《あき》れたように「まったくお前は……」と、大きくため息を吐《つ》いた。

「安心しろ。スガはもちろん、西谷も問題ない」

ふたりの名前に東峰は、怒られた子供のように顔をしかめる。澤村はそんな東峰を気にすることなく続けた。

「ひと月もサボったこととか、なんかいろいろ気まずいとか、来づらいとか、そういうの関係ないからな。まだバレーが好きかもしれないなら、戻ってくる理由は十分だ」

その言葉に、東峰は目を見開く。

「あ、それとな、〝エース〟に夢抱《いだ》いてる奴《やつ》もいるんだからな」

澤村はそう言って、いつまでもうじうじしている仲間に愛の鉄拳《てっけん》を繰《く》り出《だ》した。

そして、その日の夕方。顧問《こもん》の武田がある男を連れて体育館にやってきた。その男を見た部員たちは驚く。

なぜならその男は坂ノ下商店の店番の男だったからだ。

「紹介します！　今日からコーチをお願いする烏養《うかい》君です！」

「コッ、コーチ⁉　本当ですか⁉」

以前からコーチを探してくると武田が言っていたが、まさか本当に連れてくるとは。

驚く澤村に、烏養は答える。

「音駒との試合までだからな」

「えっ、でも坂ノ下商店の兄ちゃんだよな？　本当にコーチ？」

未《いま》だ信じられずにいる田中に、武田が口を開く。

「彼は君たちの先輩で、あの烏養監督のお孫さんです」

驚愕《きょうがく》の事実に部員たちは「エエ～⁉」と叫んだ。

「でもお店の名前、坂ノ下じゃないの？　あ、ですか？」

あわてて丁寧《ていねい》語をつけ足《た》す日向に烏養は答える。

「母方の実家の店なんだよ」

烏養が、前監督の孫だと知った時から、武田は烏養にコーチになってくれるようしつこくアプローチをしていた。電話に、直接説得。

それでも動かない烏養を動かすためもあり、音駒との練習試合をとりつけたのだ。とりあえず音駒戦までとの約束だが、粘《ねば》り強《づよ》い武田の作戦勝ちである。

そしてまんまと作戦にひっかかった烏養も、音駒相手にヘタな試合はできないとすでにやる気満々だ。

「時間ねえんだ、さっさとやるぞ！　お前らがどんな感じか見てえから、六時半から試合《ゲーム》な！　相手はもう呼んである！」

試合という言葉に、日向と影山は瞬時に反応し、目を輝かせた。

澤村と話してから、東峰は学校近くの土手でひとり座りこんでいた。近くの電柱に、まるで見守っているかのように烏《カラス》が一羽とまっている。

さっき聞いた澤村の言葉を東峰は反芻《はんすう》する。

――まだバレーが好きかもしれないなら、戻ってくる理由は十分だ。

東峰は戻ってこいと言ってくれる菅原たちに、足を引っ張るだけだと断《ことわ》った。

そう思うのは本心で、それは今も変わらない。

それでも、この一か月でわかったことがある。何もない放課後はひどく味気《あじけ》ない。気晴らしに違うことをしてみても、どこか上滑《うわすべ》りしているような気がした。

ボールに触《ふ》れない時間が、こんなに苦しいなんて思わなかった。

「………」

先導するように烏が飛びたつ。東峰は、決心したように立ちあがった。


体育館では、相手が来るまでと、レシーブの練習を再開していた。

「うわっ」

山口の受けたボールが、あらぬ方向へ転《ころ》がってしまう。

転がってきたボールを、自前のジャージを着た見慣れない大人《おとな》が拾《ひろ》う。人の良さそうなメガネの男で髪を真ん中分けにしている。

「はい」

「ありがとうございます」

やってきた山口に男はボールを投げて寄こした。

「うぃーす」と、その男の後ろから同じく自前のジャージを着た大人が三人入ってくる。

体育館を見回して、「懐《なつ》かしい～」など声をあげていた。

「ええと……？」

山口の声に、男たちは同じように腕を組み、一歩踏み出してこう言った。

「チーム町内会、参上《さんじょう》！」

烏養が呼んだ試合の相手だ。こちらもやる気満々らしい。だが、平日だからか、全員が集まるのは無理だったようだ。

「よーし、そろそろ始めるぞー‼」

その言葉を待っていたかのように日向は「試合だー！」と嬉《うれ》しそうにコートに向かう。

だが、西谷は浮かない顔で、コートに向かおうとしない。それに気づいた烏養が声をかける。

「なんだ、お前、どうした」

「っ」

「あっ、すみません、そいつはちょっと……」

西谷がなんと答えていいかわからず黙っていると、澤村が困ったように割って入る。

「なんだ？　ワケありか？　怪我《けが》か？」

「いや、そういうワケじゃないんですが……」

西谷は音駒との試合にも出ないと澤村に言っていた。

今まで、一緒に戦ってきたのに、東峰がいなくても試合に勝てる……そんなふうになるのは嫌《いや》だった。意地《いじ》だとわかっていたが、それでも東峰の居場所がなくなるようで嫌だったのだ。

「よくわかんねえけど、町内会チーム入ってくれよ。こっちのリベロ、仕事で来られないんだよ」

「あ、それなら……」

そう答えた澤村に、西谷は無言で町内会チームのコートに移動する。

あとふたり足《た》りないメンバーを烏養が「どうすっかな〜」と悩んでいたその時、日向の声が体育館に響いた。

「あっ、アサヒさんだっ!!!」

「っ」

西谷の足が止まる。菅原と田中もその声に振り向いた。

日向はボールが当たってもガラスが割れないように設置してある窓の柵《さく》につかまり、外に向かって「アサヒさ～ん‼」と呼びかけている。

声をかけられた東峰はゲッと驚き、「おっ俺はその……」と口ごもる。体育館まで来たものの、どんな顔して入っていいかわからずにウロウロしていたところを、日向に見つけられてしまったのだ。

「なんだ遅刻か⁉　ナメテんのか！　ポジションどこだ‼」

入口から顔を出した烏養にそう言われ、東峰は思わず「ウイングスパイカー……」と答える。

「人足んねえんだ、さっさとアップとれ！　すぐすぐ‼」


そして、烏野高校対町内会の試合が始まった。

スターティングオーダーは、烏野チーム、1年MB《ミドルブロッカー》の日向、1年S《セッター》の影山、3年

WS《ウイングスパイカー》の澤村、2年WSの田中、1年MBの月島、2年WSの縁下《えんのした》。町内会チーム、WSの嶋田《しまだ》、MBの森《もり》、WSの内沢《うちざわ》、MBの滝ノ上《たきのうえ》、そして2年リベロの西谷、3年Sの菅原、3年WSの東峰。

ボールの弾《はず》む音。床《ゆか》に伝わる振動。靴底の擦《こす》れる音。かけ声。

東峰は久しぶりのコートに立ち、その光景を、空気を、体全体で感じていた。

やっぱりここが好きだと、心の底から実感する。

好きに理由はなく、また逃《のが》れる術《すべ》もない。


「くそっ、ブロックのフォロー……全然できなかった……!!」

伊達工業との試合後、学校に戻った体育館の用具室。

片づけをしていた西谷は、そう言ってモップを壁に投げつける。モップは跳《は》ね返《かえ》り、床《ゆか》に落ちた。

「……なんでだ！　なんで責《せ》めない!?」

東峰の言葉に、少し驚いたように西谷は振り返る。入り口で、突然のことに澤村と菅原と田中は戸惑《とまど》っていた。

試合の最後、立《た》ち尽《つ》くしたままだった東峰を誰も責めなかった。そして今も西谷は自分を責めた。東峰にはそれがひどく苦しかった。どうしていいかわからない苦しみを口に出すと、苛立《いらだ》ちに変わっていた。

「俺のせいで負けたんだろうが!!　お前がいくら拾《ひろ》ったって、スパイクが決まんなきゃ意味ないんだよ!!!」

「旭!!」

ふだん、激昂《げっこう》することなどあまりない東峰を澤村が止める。

「……〝意味ない〟ってなんですか……。じゃあなんで最後、トス呼ばなかったんですか」

そう静かに問いかける西谷の目は、薄暗い用具室の中で刺すように東峰を捉《とら》えていた。

菅原が間に入ろうとする。

「おい、やめろよ西谷!　俺が旭にばっかりボールを集めてたから疲れて――」

「俺に上げたって、どうせ決めらんねーよ」

東峰の投げやりな言葉に、西谷は目を見開き、怒《いか》りのまま胸ぐらをつかむ。

「打ってみなきゃわかんねえだろうが!!」

その拍子《ひょうし》に東峰の踏んだモップの柄《え》が折れる。

止めに入ろうとした菅原は、その折れた柄が亀裂《きれつ》を決定づけてしまったようで、思わず息を呑《の》むしかなかった。

「俺が繋《つな》いだボールを、アンタが勝手に諦《あきら》めんなよ!!!」

日向の打ったサーブがネットに触れる。だが、かろうじて相手コートに落ちた。それを嶋田があわててレシーブする。

「スマン！　カバー頼《たの》む！」

それを内沢がフォローして、東峰に上げた。

「そこのロン毛の兄ちゃん、ラスト頼む！」

高く上がったボールに東峰の顔が歪《ゆが》む。

自分のスパイクは通じない。壁を打ち抜けない。一度こびりついてしまったイメージは、簡単に消えない。

怖《こわ》かった。それでも、自分に上げられたボールを前に東峰は迷いながらも走りだす。

何度ブロックに阻《はば》まれても、それでももう一度打ちたかったのだ。

菅原は見守ることしかできない自分に歯痒《はがゆ》さを感じながら、東峰を目で追う。

ジャンプして振りかぶる東峰の前に、影山と月島と田中がブロックで立ちはだかる。

東峰がスパイクする。

だが、影山の手にブロックされた。重いスパイクに、影山の腕が跳《は》ね返《かえ》される。

「――っ」

またなのか。やっぱり俺は、またみんなの期待に応《こた》えられないのか。

東峰の顔が悔《くや》しさに歪んだその時、床《ゆか》に落ちる寸前のボールを滑《すべ》りこんだ西谷が手の甲で弾《はじ》き返《かえ》した。

あの日、負けた悔しさをバネに、西谷はブロックのフォローを続けてきた。

リベロの仕事は、ただひたすら繋《つな》ぐこと。

〝空〟の領域では戦えない。けれど、必ずそこまで繋いでみせる。何度だって、必ずこの手で。

小さいこの手が、エースの命を繋ぐと信じて。

「！」

高く上がるボール。

驚く東峰に、西谷は立ちあがり叫んだ。

「壁に跳ね返されたボールも俺が繋いでみせるから、だから……だからもう一回、トスを呼んでくれ!!　エース!!!」

西谷の叫びに、東峰はハッとする。

「っ……」

苦しい時にボールが回ってくるのがエース。それを決めるのがエース。

でも。

スパイクを打てるのは、トスが上がるから。

トスが上がるのは、トスへと繋ぐレシーブがあるから。

これは、みんなが繋いだ大切なボール。

「オーライ！」

「嶋田さ――」

「菅原《スガ》ァーッ!!!」

体育館中に、東峰の声が響《ひび》く。その声に、菅原はハッと振り返る。

「もう一本!!!」

トスを呼ぶエースの姿がそこにあった。

待ちわびたその光景に、菅原はトスを上げる。

西谷はいつでもフォローできるように待ちかまえる。何度も上げられた自分のための一番打ちやすいトスに向かって、東峰は走りだす。

その顔には、もうなんの迷いもなかった。

ジャンプし、渾身《こんしん》の力でスパイクする。

単純で当たり前のことを、いつの間にか忘れていた。

——打ちきってこそ、エース。

ボールはブロックの壁をぶち破り、勢い衰《おとろ》えぬままめりこむように床に叩《たた》きつけられた。

その激しさが、日向の心にも叩きつけられる。

「うひゃあ~っ、すごい音っ!! ドゴゴって!!」

コート脇《わき》で見ていた武田が、その迫力に思わず興奮して叫んだ。

「ナイス!! ナイス旭っ! 西谷もっ!」

菅原がふたりに近づいて声をかける。東峰は照れくさいのか、恥ずかしそうに眉《まゆ》を下げ、

「……お前らも……ナイストス、スガ……西谷も……ナイスレシーブ」

と、言った。

今さっき、あんな迫力のスパイクを打った同一人物とは思えないほどの気弱そうな、だがいつもの東峰に、菅原と西谷はニカッと、そして心から嬉《うれ》しそうに笑ってみせた。

やっと自分たちのエースが帰ってきたと。

「あれが……あれがエース……！」

困ったように笑っている東峰を、日向は憧《あこが》れの眼差《まなざ》しで見つめていた。

影山はそんな日向を横から訝《いぶか》しげに見ている。

「……おい――」

「エースすっげえな！　ブロックいてもいなくても、あんなふうにブチ抜けるなら関係ないもんな！」

興奮した様子《ようす》で話しかけてくる日向を、影山は無言で見つめ返す。

「なんだよ？」

「……べつに」

おもしろくさなそうにそう言うと、影山は自分のポジションに戻る。

烏野5ポイント、町内会7ポイント。烏野のエースが復活した町内会チームがリードしている。

町内会チームからのサーブを縁下がレシーブする。だが、それは大きく跳ね返った。

「カバー！」

「ハイッ」

澤村の声に、影山がボールの下へ移動する。

その様子を観察しながら、烏養は考える。

レシーブは全体的にまだまだ。影山という1年のセッターはボール落下点の見《み》極《きわ》めが速い。

試合は進み、烏野18ポイント、町内会20ポイント。

ネット前に飛びこんできた日向に、町内会メンバーが「捉《とら》えた！」とブロックしようとする。だが、影山が上げたトスは反対方向にいた田中がスパイクを打つ。

「ドーモ～、ゴブサタしてますっ」

勢いよく打ちこまれたスパイクを西谷が上げる。「なぬっ？」と驚く田中に、西谷はニヤリと笑った。

「ナイス西谷！」

そう言って落ちてくるボールの下に菅原が移動する。

「スガ‼」

「旭！」

東峰に向かって、菅原はトスを上げた。そのトスを東峰は力強く打ちこむ。

たくさんの時間を積《つ》み重《かさ》ねた、信頼と安定のコンビネーションだった。

それをブロックしようとした日向の手は弾《はじ》かれ、ボールはコートに叩きつけられる。

笛が吹かれ、1点が入ったことを審判が知らせた。

「一か月ぶりでも、タイミングバッチリだな、チクショーめえっ」

点をとられたというのに、田中は菅原と東峰のコンビネーションに頬《ほお》を緩《ゆる》ませながらそう言った。澤村も「喜びすぎ」と苦笑《くしょう》していたが、どこか嬉《うれ》しそうだった。

「………」

そんななか、東峰の姿を日向は目で追っていた。

あんなふうな身長やパワーがあったら、自分もあんなふうに……。

日向は自分の考えを振りきろうと首を振る。

小さな巨人は、小さいけど凄《すご》かった。身長やパワーが全《すべ》てではない。本心からそう思っているのに、日向は東峰から目が離せなかった。

「旭！」

菅原が叫ぶと、東峰がネットの向こうで高くジャンプする。

高い身長。分厚《ぶあつ》い体。そこから繰《く》り出《だ》される、壁も壊《こわ》すようなスパイク。

それは全部、自分にはないもの。

——いいなあ。

試合中なのも忘れて、日向は烏野のエースに見とれていた。

「日向⁉」

そんな日向に気づいた澤村が声をかけるが、遅かった。

「ヴァゴ……ッ」

東峰の放《はな》った強力なスパイクが顔面《がんめん》を直撃し、吹っ飛ぶ日向。勢い余ってライン外まで。

「うあっ⁉」

「あ〜〜〜⁉」

「ギャーッ！」

影山が驚き、東峰が青ざめ、田中が叫ぶ。

そのまま床に倒れた日向の元にあわてて東峰たちが駆《か》け寄《よ》った。

「ううう〜っ」

涙目で赤くなった額《ひたい》をおさえる日向に、「あっ、生きてる」と西谷は確認する。ボールをぶつけてしまった東峰はオロオロするばかりだ。

「日向ぁ⁉　大丈夫《だいじょうぶ》かっ、ごめんなぁっ」

「どう考えてもボケッとしてたコイツが悪いでしょ」

遠巻きに見ながら月島が呟《つぶや》く。

「きゅっ、救急っ、きゅう、きゅっ……！」

「落ち着けよ、先生」

一番慌《あわ》てている武田に、烏養は冷静につっこんだ。

「あ、大丈夫です、スミマセン……」

日向は頭を押さえながらも、ガバッと半身を起こす。

心配そうな菅原たちに、顔面にボールを受けるのは慣れているから大丈夫だと言うと、

「慣れるなよ」と呆《あき》れ気味に笑われ、日向も困ったように笑い返す。

「あははは……はっ⁉」

突然青ざめた日向に菅原たちがきょとんとする。その後ろにどす黒いオーラを放っている影山がいた。

その目はいつも以上につり上がり、瞬《まばた》きもせず、日向を睨《にら》みつけてくる。その姿は地獄からやってきた怒《いか》りの悪魔のようだった。

そんな影山に日向だけでなく、なぜか東峰も恐怖に震えあがった。

「……なにボケェーっとしてた、試合中に……」

「あ、う、あ〜……」

ドスのきいた声色《こわいろ》に、日向は影山が本気で怒っていることを察知して、思わず後ずさる。

いつも怒鳴《どな》り散《ち》らす影山が怒鳴らない時は、相当《そうとう》怒っている証拠だ。

どうしていいかわからない日向に、影山が近づく。

「――今のお前は、ただの、ちょっとジャンプ力があって素早《すばや》いだけの下手《へた》くそ、だ。大《だい》黒柱《こくばしら》のエースになんかなれねえ」

「っ……」

自分の夢を否定され、日向は口をつぐむ。それを否定できない自分が悔しかった。そんな日向に、「でも」と影山は口を開いた。

「俺がいれば、お前は最強だ！」

「えっ……」

その力強い響きに日向は驚く。

「東峰さんのスパイクはスゲー威力があって、三枚ブロックだって打ちぬける！　じゃあ、お前はどうだ。俺がトスを上げた時、お前はブロックに捕《つか》まったことがあるか」

「……！」

日向は思わず目を見開いた。

影山は見抜いていた。エースに憧《あこが》れながら嫉妬《しっと》をしている日向に。

身長さえあれば。パワーさえあれば。エースになれるのにと。

試合再開の笛が鳴る。

影山は町内会チームに、次に日向にトスをあげると宣言していた。だから、全力でブロックしてくれと。

サーブが烏野チームのコートに向かって打たれる。

日向は緊張していた。不安のための緊張だ。相手のブロックはでかい。それなのに、影山は自分にトスを宣言している。捕まえろと言っているようなものだ。

やってきたサーブを縁下がレシーブして上げる。

日向がいつ打ってきてもいいように、町内会チームの前衛《ぜんえい》がかまえる。

尻《しり》ごみしそうになる日向に、影山の声が飛んだ。

「躱《かわ》せ!!!」

日向はハッとする。

「それ以外にできることあんのか、ボゲェ!!」

その声に、日向はコートの端《はし》に向かって走りだした。

それに反応した町内会チームの選手も、それに合わせて走り日向の前に来る。

ジャンプしようとする日向にブロックをしようとかまえたその時、日向の目が見開かれる。

——打ち抜けないなら、躱《かわ》す!!

その体勢から日向は瞬時に、また反対方向へ走り出した。

突然のことに町内会チームも、見ていた烏養も啞然《あぜん》とするしかない。

ブロック嫌《いや》だ。止められるのは嫌だ。目の前にブロックがいたら、俺に勝ち目なんかない。エースみたいな戦い方はできない。でも。

——俺がいれば、お前は最強だ。

影山はいつも怒鳴ってばかりで自信満々のイケすかない奴《やつ》だけど嘘《うそ》は言わない。その影山がそう言った。

おれには影山のトスがある。自分の手に向かってくる、最高のトスが。

振りあげた日向の手に、トスが届く。

目を開いたそこに、ブロックはいない。

エースじゃなくても、戦える。それなのに、エースのような戦い方ができない自分をどこかで恥《は》じていた日向に影山は怒っていたのだ。

自分の役割がカッコ悪いと思うのかと。

日向の打ったスパイクが決まる。

見たこともない素早《すばや》い速攻《そっこう》に、町内会チームも、烏養も唖然《あぜん》と立《た》ち尽《つ》くした。そんな声も出ない烏養を武田は嬉《うれ》しそうに見つめる。

日向は、東峰をじっと見つめる。その視線に気づいた東峰は、

「今の一発、すごかった」

と、感心したように言った。それを聞いた日向はぱぁっと顔を輝かせる。

エースじゃなくても、戦える。もう、カッコ悪いとは思わない。

日向はそんな気持ちを噛《か》みしめた。


結局、試合は町内会チームの勝利に終わった。

烏養は部員たちに向かって声をかける。

「……とにかくレシーブだ！　それができなきゃ始まんねえ。明日《あした》からみっちりやるからな!!」

「オス！」と返事する部員たち。

1年生ながら天才的なセッターもいる。技術はまだまだだが、ズバ抜けた運動神経を持つ者も。そして力強いスパイカーに、心強いリベロ。おもしろく育ちそうなチームに、烏養はいつのまにかワクワクしていた。

「よし、じゃあ一発シメて、とっととあがれー」

烏養の言葉に、円陣《えんじん》を組む烏野バレー部。澤村が口を開く。

「烏野ー、ファイッ」

「オース!!!」

体育館に全員集合した烏野バレー部の声が響《ひび》き渡《わた》った。


町内会チームも帰り、後片づけもすんだ。

「早く音駒と試合したいなっ」

「その前に、よく頭冷やしとけよ、ボゲッ」

窓の戸《と》締《じま》りを確認しながら、東峰の強烈《きょうれつ》なサーブを顔に受けたことなどケロッと忘れたような日向に、影山は眉《まゆ》を寄せながら言う。

そんなふたりを微笑《ほほえ》ましく見ていた東峰は、ふと澤村たちがいないことに気づいた。

「ん？」

用具室から澤村の声が聞こえてくる。

「あとはネジを締《し》めて……そうそう」

東峰が中に入ると、そこには澤村と菅原と田中と西谷が集まって座《すわ》りこんでいた。

「……何やってるんだ？」

その声に、菅原たちが振《ふ》り返《かえ》る。

「ケンカした時に壊《こわ》したモップを直してたんだ」

「あ、俺が踏《ふ》んづけて……」

それは、伊達工業との試合の後、東峰と西谷がモメた時に壊れてしまったモップだった。

「俺のせいで壊しちゃったんで」

そう言って、西谷はモップの柄《え》を補強《ほきょう》した金具のネジを締める。だが、固いのか、なかなかネジが締まらない。

「んっ……」

「どうした、西谷？」

「や、思ったより固くて……ん〜っ」

「ノヤっさん、力ねーな」

「なんだと⁉」

田中にからかわれて、ムキになる西谷。菅原も澤村も笑っていた。東峰も、思わず顔を緩《ゆる》ませる。

当たり前の光景。

でも、一か月前は、もう二度と戻らないかもしれなかった光景だ。

「西谷、貸してみ」

東峰はそう言って、西谷の隣に腰を下《お》ろす。そしてモップのネジをドライバーで締めはじめた。そんな東峰に西谷が言う。

「いいンすよ、旭さん。俺がやりますって」

「俺が折ったんだ。俺が直してやんないとな」

そう言いながら真剣な顔でネジを締める東峰を西谷は見つめ、笑った。

壊れたら、直せばいい。何度でも。

「先ぱーい、体育館閉《し》めまーす！」と言う日向の声がする。

「おー、今行くー！」

用具室からぞろぞろと出てきた先輩たちを見て、日向が近づく。

「何やってたんですか？」

「ん？　まぁ、そんな大したことじゃねーべ」

どこか嬉《うれ》しそうにそう言った菅原に、「え〜、なんスか、その気になる言い方」と詰め寄る日向。

「さっさと閉めなきゃいけないんだから、外出るぞー」

澤村の声に、体育館の電気が消される。

暗くなった用具室の片隅《かたすみ》に、直されたモップがひっそりと置かれていた。

遭遇

HAIKYU!!

合宿初日の早朝《そうちょう》。

妹の夏《なつ》に寝ぼけ眼《まなこ》で見送られて、まだ陽《ひ》も昇《のぼ》らぬ道を日向《ひなた》は自転車で烏野《からすの》高校へ向かう。

冷ややかな夜の名残《なごり》を残した空気を感じながら、慣れた道のりを走らせた。

登りの山道が合宿の荷物の分だけいつもより重かったが、四日後の音駒《ねこま》との練習試合のことを考えるとワクワクで気にならない。

東峰《あずまね》のスパイクも西谷《にしのや》のレシーブも、これからの試合で味方《みかた》になるのかと思うと、早く試合をやりたくてしかたがなかった。

「よーしっ、今日《きょう》から合宿だー!!」

そう言って、登りを終えた日向は、風のように山道を下《くだ》った。


放課後、コーチにやってきた烏養《うかい》はさっそく檄《げき》を飛ばす。

「前！　前！」

烏養からのスパイクを五本確実にレシーブしていくメニューだ。五本拾《ひろ》うまでは永遠に続けられる。

「ラスト一本に何本かかってんだ、集中しろ！」

「っ……もう一本っ」

外《はず》してしまった山口《やまぐち》が、そう言ってかまえる。

「行くぞ！」

「っ……！」

飛びこんで片手で打ち返す。「ナイス山口！」など声が飛ぶ。

烏養の横でボールを渡しながら、潔子《きよこ》が「五本成功、交代です」と告げた。

「次！」

「お願いします！」

初日から容赦《ようしゃ》ないコーチの指導に、烏野バレー部は食らいついていく。これからバレー漬《づ》けの数日間が始まるのだ。

練習後、とっぷりと陽《ひ》も暮れた頃やってきたのは、烏野高校学習合宿・部活動合宿用施設だ。

わずかな外灯《がいとう》の光に浮かびあがるその建物は、暗く大きい。

「うおおおっ、ここが合宿所か！」

テンションが上がった日向は、寝泊りする和室、浴場、トイレなどを見てはいちいち歓《かん》声《せい》をあげていた。子供のようにはしゃぐ日向に、影山《かげやま》が「お前、ちょっと落ち着け」と文句を言う。

「だって、合宿初めてだしっ」

「一日中、むさ苦しい連中と顔つき合わせてなにが楽しいのさ」

それでもテンションの下がらない日向を見て、呆《あき》れたように言った月島《つきしま》の声を聞きつけ、田《た》中《なか》と西谷がやってくる。

「おい、月島てめえ！」

「半径五百メートル以内に潔子さんがいる空間はむさ苦しくねえんだよ‼」

熱《あつ》く語る先輩たちに月島はうざったそうに顔をしかめる。

だが、熱くなるのも無理はない。田中と西谷にとって潔子はもはや女神《めがみ》。そんな女神と練習が終わっても一緒にいられる合宿はもはや天国といっても過言《かごん》ではない。

「この奥羽《おうう》山脈の源泉《げんせん》のように清く澄んだ空気がわからないとは、なんて可哀想《かわいそう》な……」

そんな月島にかまわず、うっとりと潔子の素晴《すば》らしさを語る田中に、近くで見ていた菅《すが》原《わら》は笑顔で言った。

「清水は家近いから、用事終わったら帰っちゃうよ」

その言葉に、ふたりは地獄に突き落とされた。もはや、息をする気力もなく、ただ廊下に行き倒れる。

一足先に合宿所の調理室で夕飯《ゆうはん》を作っていた武田《たけだ》が、そろそろみんなを呼んでこようと廊下に出ると、虫の息で廊下を這《は》いずる田中と西谷に遭遇《そうぐう》した。

「うわっ⁉　な、何やってんの、君たち……」

砂漠《さばく》で数日間さ迷った旅人のように干《ひ》からびたふたりには夢も希望もなく、あるのは絶望の涙だけだった。神に見放された子羊《こひつじ》が道を踏《ふ》み外《はず》すように、女神に見放された男たちは愛を求めて死んでいくのだ。

「た、武《たけ》ちゃん……俺たちはもう……」

せめて最後の言葉を武田に託《たく》そうとしたその時、薄《うす》いピンクのエプロンをした潔子が通りかかる。泊まりはしないが、武田と夕飯を作っていたのだ。

女神は俺たちを見捨てなかった……！

「……おおお〜……！」

潔子の神々《こうごう》しいエプロン姿に、田中と西谷の絶望の涙は歓喜《かんき》の涙へと変わり、ふたりはあっというまに息を吹き返した。

武田と潔子が作ったカレーとサラダとデザートは、練習終わりの部員の胃袋《いぶくろ》にあっというまにおさまる。その中でも田中と西谷は、女神のよそってくれるおかわりを求めて、何杯もたいらげた。

潔子の手料理で心も体も大満足し、さらにフロに入ってさっぱりした田中が飲み物でも買おうと廊下を歩いていると、自販機の前に日向がいた。

「次、1年フロだぞ」

そう声をかけても、日向は背を向けたまま立《た》ち尽《つ》くしている。

「どうした、日向」

「し……知らない人がいるんです」

そう言う日向の声が、か細く強張《こわば》っている。

田中はいつもと違うその様子《ようす》に、フロあがりだというのも忘れるほど、さぁっと空気が冷たくなるのを感じた。

静かな廊下に、自販機の唸《うな》るような小さな音だけが響《ひび》く。

そんな空気をごまかすように、田中はわずかに笑ってみせた。

「……えぇ？　そんなわけないだろう、今日ここ使ってるの――」

「なんか……こども……」

田中の声を遮《さえぎ》るように振《ふ》り返《かえ》った日向の目は、ひどく怯《おび》えていた。

夜の合宿所を見知らぬ子供が歩き回っている……？

「っ……見間違《みまちが》いだぜ、窓に映《うつ》った自分とかに決まってるじゃねーか」

その目が物語っている恐怖に呑《の》みこまれそうになりながらも、それに気づいていないふりをして言葉を続けた。

一度恐怖に呑みこまれてしまっては、もう戻れなくなる。

しかし、窓に映っている田中の顔はぎこちなく強張り、それがよけい恐怖を駆《か》り立《た》てる。

窓の外は漆黒《しっこく》の闇《やみ》。闇の中に何か潜《ひそ》んでいても自分たちには何も見えない。

田中は呑みこまれないように、無意識に首にかけたタオルを強く握《にぎ》った。

「……そうですよねっ、見間違い……ですよね……？」

日向も田中の言葉に必死にとりすがる。

「……そうそう、見間違い……見間違い……」

田中が呪文《じゅもん》のように繰《く》り返《かえ》す声が、暗い廊下に小さく響く。

闇の密度の濃い空気が後ろから迫ってくるような気がして、田中と日向はそこから一歩も動けなくなった。

暗闇の中から何かが自分を見ている。

それは遠い昔にいなくなったはずの子供――……。

――ヒタッ。

「ぎゃあああああ！！！！」

後ろからの足音に田中と日向は思わず叫《さけ》び声《ごえ》をあげた。だが。

「……あ？」

そこにいたのは、四面楚歌《しめんそか》と書かれたTシャツに、湯あがりなのか、濡《ぬ》れた髪に首にタオルをかけている童顔《どうがん》の男だった。

しかもはっきり見えている。そんな幽霊がいるだろうか。しかもどこかで見たことのあるような……と、日向は首をかしげた。

「なに騒《さわ》いでんだ。大地《だいち》さんに怒《おこ》られるぞ」

唖《あ》然《ぜん》としていた田中だったが、それが西谷だとわかると「ただのノヤじゃねーか!」と日向にゲンコツをお見舞いした。

「ええっ、ノヤさん……?　で、でも……っ」

日向はそれこそ恐ろしいものを見たように青ざめる。

「ノヤさんの身長が縮《ちぢ》んだぁ~!!!」

西谷のふだんツンツンと上げている髪が、今は濡《ぬ》れて下がっている。その差は約10センチ。

だから、日向は西谷のことを子供と見間違えたのだ。

「ぬぅはははは!!　確かにお前は髪の分まで身長だぜ!!」

涙を浮かべながら大笑いをする田中に、西谷がキレる。

「龍《りゅう》てめえええ!!　笑ってんじゃねー!!!」

その時、西谷の肩に大きな手がトンと置かれた。

「あっ?」

怒《いか》りの勢いのまま西谷が振り向いたそこには、自販機《じはんき》の灯《あか》りに下から照らされた長い髪の恐ろしい形相《ぎょうそう》をした大男がいた。

人を射殺《いころ》しそうな目で見下ろされ、日向たちは恐怖に立ちすくむ。

「……あんまり騒ぐな、大地に怒られ……」

「ぎゃあああああああ！！！」

阿鼻叫喚《あびきょうかん》する後輩たちに、東峰《あずまね》は慌《あわ》てる。

「えっ……俺だよぉ!! 旭《あさひ》だよぉ!!!」

「お前ら、うるさぁーい！！！！」

騒ぎにかけつけた澤村《さわむら》の怒号《どごう》が、紅《あか》い月夜に響《ひび》き渡《わた》った。


翌日、バレー部員たちは学校前の坂道を走っていた。足腰を鍛《きた》えるロードワークだ。

やる気満々《まんまん》の日向は、「うおおおお」と叫びながら、坂道を駆《か》けあがる。そんな日向に負けじと、影山もスピードをアップさせた。

「日向！ ムダに叫ぶと、後でへバるぞ！」

後ろから注意する澤村の声も耳に届かず、日向は全力で走り続けた。

影山にも負けたくない。坂道にも負けたくない。とにかく早く試合がしたい。

「うあ〜〜〜っ……あっ？」

そんな気持ちで全力疾走《しっそう》し続けた日向は、後ろから足音が聞こえてこないことにふと気がついて、ようやく足を止める。夢中《むちゅう》で走っているうちに、閑静《かんせい》な住宅街《がい》に入りこんでしまっていた。

「誰も来ない……道、間違《まちが》えた……」

息を整えながら、どうしようかと日向が思ったその時、どこからか「ニャーン」と猫の鳴き声が聞こえる。

辺《あた》りを見回すと、フェンスのコンクリートの土台に腰かけている赤いジャージの少年がいた。その少年の足下《あしもと》に猫がいる。

少年は金髪《きんぱつ》だが、根元《ねもと》のほうは黒くなっている。大きなリュックを背負《せお》い、足下にいる猫にかまうことなくスマートフォンをいじっていた。

このへんで見かけない真《ま》っ赤《か》なジャージに、日向は興味を持ち、声をかける。

「何してんの？」

「エッ、……えーっと……あー……迷子……」

突然声をかけられて、少年は戸惑《とまど》うように顔を上げる。

そして、大きくて少しつり上がった猫のような目を、どうしていいかわからないという
ふうにさ迷わせた。

「えっ、他所《よそ》から来たの？」

走ってきた日向に驚いたのか、猫はどこかに行ってしまう。

「うん……」

所在《しよざい》なさげに少年はそう答えて、またスマートフォンを弄《いじ》りだす。どうやらゲームをし
ているようだ。話しかけないでオーラを出しているが、日向には通じない。

「それ、おもしろい？」

ぴょんと隣に座《すわ》りこまれて、少年は少し驚く。

「えっ、べつに……ただの暇《ひま》つぶしだし……」

「ふーん……」

弾《はず》まない会話に少年が戸惑《とまど》っていることも知らず、日向は画面を覗《のぞ》きこもうとして、

「あっ‼」と叫んだ。その声に少年がビクッとする。

「バレーやんの⁉」

「エッ」

「そのシューズ!!　バレーの!?」

少年の足下に置かれていたバッグから、バレーシューズが覗《のぞ》いていた。

「あ、うん……」

「おれもバレー部!!　おれ、日向翔陽《しょうよう》」

目を輝かせてそう言う日向に、少年はチラリと胸元の文字を見た。そして、また目を伏《ふ》せる。

日向のTシャツには〝KARASUNO《カラスノ》 HIGH《ハイ》 SCHOOL《スクール》〟の文字。

「…………孤爪《こづめ》……」

「こづめ?　名前?」

「孤爪……研磨《けんま》」

「けんまか!　高校生!?」

「うん」

「何年!?　おれ1年!」

「にねん……」

それを聞いた日向は慌《あわ》てて姿勢を正す。

「やべっ、先輩だ!!　すみません!!」

そう言った日向をちらりと見て、孤爪はさしておもしろくもなさそうにゲームを続けながら言う。

「いいよ……そういう……体育会系の上下関係みたいの……きらいだ……」

「あ……そう……なの？」

孤爪の本当に気にしていない様子《ようす》に、日向は少し戸惑う。

今まで会った高校生の先輩たちは、みんな大きかったり、小さくてもドンと頼《たの》もしかったり、先輩という感じがした。

しかし、孤爪は大人《おとな》しそうであまりしゃべらず、年上でもなんだか同学年のような雰囲《ふんい》気《き》がある。同じ学校じゃないからだろうか。

「えーと……バレー好き？」

ずっとゲームをしている孤爪の態度に、日向はもしかしたら邪魔《じゃま》してるかとも思ったが、こんな道端《みちばた》で他所からきたバレー部員と遭遇《そうぐう》するなんてめったにない。そう思って日向は話しかけた。

「うーん……べつに……なんとなくやってる……。嫌《きら》いじゃないけど……疲れるのとかは好きじゃない……。けど……トモダチがやってるし、おれいないとたぶん困るし……」

「ふーん、好きになったらもっと楽しいと思うけどなー」

そう言いながら日向はフェンスに背を預《あず》ける。

日向は疲れるのも好きだった。そもそもあまり疲れたことはなかったが、バレーの練習でヘトヘトになると明日《あした》はもっと上手《うま》くなってるような気がして楽しい。

みんな、好きでやるものだと思っていた日向にとって、孤爪の答えは意外だったが、それは人それぞれだ。

「いいよ……、どうせ高校の間やるだけだし……」

「ポジションどこ??」

「んー……セッター」

「へーっ！　なんかウチのセッターとは違うな！　ウチのはもっとガーッ！　って感じの奴《やつ》！」

そう言いながら日向は飛びかかる猛獣《もうじゅう》のようなポーズをしてみせた。怒《おこ》る時の影山のイメージだ。

「ふーん……」

「ちなみにおれはミドルブロッカー!!」

「へー……」

ブロックのマネをしてみせた日向は、孤爪の気のない返事に少し恥《は》ずかしそうに笑う。

「やっぱりヘンだと思う？　ミドルブロッカーは背のデカい奴がやるポジションだもんな」

「うん……まぁそうだろうけど……べつに」

ボソボソとだが、きっぱりとそう言った孤爪に、日向は目を見開く。背の高さが有利《ゆうり》になるスポーツで、そんなふうにべつに気にならないと言う人間は多くない。

「おれも試合とか行くとよく言われる。セッターは一番能力の高い奴がやるポジションなのに、なんでアイツ？　っていうふうに。おれ特別、運動得意とかじゃないし……」

孤爪はゲームを続けながらも、なんだかんだ日向と会話していた。

「ふーん……じゃあさ！　お前の学校、強い⁉」

「う〜ん、どうだろ。昔強かったらしいけど、一回衰《おとろ》えて……でも最近は」

孤爪は、画面から目を離し、日向を見あげた。

「強いと思うよ」

心の中を覗《のぞ》きこまれるような孤爪の大きな目に、日向は息を呑《の》んだ。

その目には静かで確かな自信がある。直感的な何かを感じて、日向の背筋《せすじ》が粟立《あわだ》った。

「……どこの……学校――」

そう言いかけたその時、声が飛んでくる。

「研磨！」

KARASUNO
HIGH
SCHOOL

その声に振り向くと、黒いTシャツに赤いジャージをはいた逆立《さかだ》った髪の背の高い男がいた。

「クロ」

孤爪は日向に「じゃあ」と言って、荷物を持ちその男に駆け寄る。お迎えが来るまで待っていたようだ。

「あ……」

「またね、翔陽」

孤爪は振り返り、小さく手を振って行ってしまった。

「勝手にフラフラすんな」

「ごめん」

「知らない土地なんだから、気をつけろ」

日向は釣《つ》られて手を振り返しながら、孤爪を見送る。

「またね……?」

最後に言われた言葉に、日向は首をかしげた。

ロードワーク後、体育館でサーブの練習をしていると、潔子がクリーニングがすんだユニフォームを持ってきた。ちなみにクリーニングは町内会チームの内沢《うちざわ》クリーニングだ。練習を一時中断し、それぞれに配られる。

「おお〜っ、テレビで見たやつ！」

日向に配られたのは、初めて烏野の試合を見た時に、選手たちが着ていたあの黒とオレンジのユニフォームだった。背番号は10。

憧《あこが》れのユニフォームを日向がうっとりと眺《なが》めていると、その前に西谷がオレンジの面積が多いユニフォーム姿で立っていた。さっき配られたばかりだというのに、いったいいつ着たのかと後ろで東峰が唖然《あぜん》と見ている。

「ノヤさんだけオレンジだ!!　目立つ!!」

「そりゃお前、俺は主役だからな！」

得意げに胸を張る西谷に、日向は「主役！　おー！」と目を輝かせた。

そんな日向に影山が呆《あき》れたように言う。

「リベロは試合中、何回もコートを出入りするから、わかりやすいようにひとりだけ違うんだよ、バカ」

「しっ、知ってるし！　全然知ってるし！」

うっかり忘れていたことをごまかす日向。そして、影山が持っていたユニフォームに気づいた。

影山のユニフォームの背番号は9番。

そして、自分のユニフォームの背番号を見る。10番。

「かっ、影山が一桁《ひとけた》っ……」

露骨《ろこつ》に悔《くや》しがる日向に、後ろで見ていた田中と月島が「言うと思った」と笑った。

「1年でユニフォームもらえるだけ、ありがたいと思え！」

「わっ、わかってるっ」

それでも悔しそうな日向に、澤村と菅原が声をかける。

「あ、そっか。番号までは覚《おぼ》えてないか」

「テレビで一回、見たきりだもんな」

「え？」

きょとんとする日向に澤村が言う。

「〝小さな巨人〟が全国出た時の番号、10だったぞ」

「――――!!」

日向は改めて、その背番号を見る。

あの日、高く高く飛んだ〝小さな巨人〟が着ていたユニフォーム。それを自分が着られるなんて。

「ちなみに、日向の好きな〝小さな巨人〟がいた頃が過去、烏野が一番強かった時期だが、その頃、烏野は一度も音駒に勝っていない。負けっぱなしで終わってる」

一度も勝てていない因縁《いんねん》のライバル。烏養は挑《いど》むように笑って後輩たちに言った。

「汚名返上《おめいへんじょう》してくれ」

俺たちができなかったことを、お前たちの代で。

烏養の言葉が、浮かれていた選手の闘志《とうし》に火をつける。託《たく》された想《おも》いは軽くない。

「あス!!!」

「よし、それじゃ練習再開だ」

「はいっ」

練習に戻る選手たちを横目に、武田が烏養に近づく。

「音駒って強いとこなんですねぇ。どんなチームなんですか?」

「……現状はさすがに知らねえけど、昔っからレシーブの強いチームだった。突出《とっしゅつ》している選手がいるとかではなかったんだが、穴がない。ウチとは真逆《まぎゃく》だな！」

烏養は昔対戦した音駒を思い浮かべるように、わずかに上を向いて続けた。

「ネコっつうだけあって、とにかく……〝しなやか〟」


一方、白戸《しらと》高校の体育館では、白戸高校と音駒高校との練習試合が始まっていた。

白戸のスパイクを、音駒の主将《しゅしょう》・3年の黒尾《くろお》鉄朗《てつろう》がレシーブする。

その動きは獲物《えもの》を狙《ねら》う猫のようにムダがなく、しなやかだ。

高く上がったレシーブは、ネット前の孤爪の上に下《お》りてくる。

相手の選手は息をきらしながら、焦《あせ》りと戸惑《とまど》いを隠《かく》せない。打っても打っても、相手コートに落ちないのだ。

攻撃も守備も、〝天才〟みたいな選手がいるワケじゃないのに、点差は開き、24対13、音駒のマッチポイントになっている。

まっすぐ自分に落ちてきたボールを、孤爪がトスで上げる。1年の犬岡走《いぬおかそう》がそれをスパイクし、音駒の勝利が決まった。


その日の夜。合宿所の和室で、日向は自分のユニフォームを眺《なが》めていた。

高く高く、相手のブロックを超《こ》えて飛ぶ〝小さな巨人〟の姿が頭の中に鮮明《せんめい》に蘇《よみがえ》ってくる。

じっと動かない日向に影山が声をかけた。

「おい、日向！　そろそろフロの時間だってよ」

だが、日向は聞こえていないのか振り向かない。

「おい、キバりすぎて、また吐《は》くなよ」

青葉城西《あおばじょうさい》との練習試合で緊張しすぎた日向は、バスに酔《よ》い、隣の田中に向けて吐いてしまったのだ。音駒との練習試合のことを考えてまた緊張してるんじゃないかと思った影山に、日向は、

「はっ、吐かねえよ!!」

と、振り返って言い返す。だが、また向き直りユニフォームを見つめた。

「……当たり前だけど、今、おれが出してもらえるのは、お前のトスがあるからだ。悔《くや》しいけど、おれ単体じゃ、きっと出してもらえない」

日向はバッと立ちあがると、バスタオルを持って走りだした。

「風呂入って、すぐ寝る!!!」

10番のユニフォームに恥《は》じないためには、強くなるしかない。上手《うま》くなるしかない。それには、ひたすら練習するしかないのだ。一分、一秒でも時間が惜《お》しい。

そう思って走っていった日向を影山がハッとして追いかける。

「このっ、くそが!!　テメエ!!　フライングだ!!!」

そんなふたりを同じく和室にいた月島と山口が、呆《あき》れたように見送る。

「……なんでフロに行くスピードまで競《きそ》うの？　バカじゃないの」

「見てるだけで疲れる～」

そう言いながら山口は眠そうに欠伸《あくび》をした。

「うおおぉぉぉ～!!」

雄叫《おたけ》びをあげながらふたりはフロを目指《めざ》し、爆走する。

「コラ!　走ってんの誰だ!!」

そして今夜も澤村の怒号《どごう》が合宿所に響《ひび》いた。

ネコとカラスの再会

HAIKYU!!

ゴールデンウィーク最終日の烏野《からすの》総合運動公園球技場前に、烏野高校バレー部と、音駒《ねこま》高校バレー部が顔を合わせた。

晴れた空の下、黒と赤のジャージが向かい合う。

一番端《はし》に並んだ日向《ひなた》は、向かいで居心地《いごこち》悪そうにしている孤爪《こづめ》に気づいて、思わず「あっっ⁉」と、声をあげた。

「研磨《けんま》ぁ！」

両校の挨拶《あいさつ》もすみ、中に入ろうとしている孤爪に日向は声をかける。

「ねねね音駒だったの⁉」

驚《おどろ》く日向に、孤爪は少し困ったように目を伏《ふ》せた。

「あ、うん」

「なんで教えてくんなかったんだよ〜」

「だって、聞かれてない……」

そりゃそうだけど、と日向は目を点にする。

「でも、あの時〝またね〟って言った！　なにか知ってたんだろ？」

道端《みちばた》で初めて会った時のことを言っている日向に、孤爪は口を開く。

「Tシャツに〝KARASUNO《カラスノ》 HIGH SCHOOL《ハイスクール》〟って書いてあったから」

言ってくれてもいいのにと眉《まゆ》を寄せる日向に、「ヘイヘイヘイ」と低い声がかけられる。

「うちのセッターになんの用ですか」

丁寧《ていねい》な言葉遣《づか》いながらも、明らかに敵意むき出しで睨《にら》んでくるのは、金髪モヒカンの2年、音駒のWS《ウイングスパイカー》山本猛虎《やまもとたけとら》。

大人《おとな》しい孤爪が絡《から》まれていると勘違《かんちが》いしているようだ。孤爪が「ちょっと……」と、困ったようにたしなめるが、聞いちゃいない。

「ごっ、ごめんなさっ……」

すごまれて、思わず後ずさる日向。すると、何かにぶつかった。

「そっちこそ、ウチの1年になんの用ですか、コラ」

こちらも、日向が敵校に絡まれていると、負けじと戦闘モードで威嚇《いかく》している田中《たなか》だった。

「なんだ、コラ」

「やんのか、コラ。シティボーイ、コラ」

名前の通り、龍《りゅう》と虎が睨み合う。ふたりの間で、日向が止めるに止められず、ただあわあわしていると、呆《あき》れたように菅原《すがわら》が口を開く。

「〝やんのか〟って、やるんだろ。これから試合なんだから。あと、シティボーイとかやめろ、ハズカシイ」

その言葉に、田中は固まる。

「山本、お前すぐ喧嘩《けんか》ふっかけるのヤメロ、バカに見えるから」

音駒3年、リベロの夜久《やく》衛輔《もりすけ》に冷たく言われて、山本も固まった。

「なんかスミマセン、恥《は》ずかしい奴《やつ》いて……」

「うちもスミマセン、お恥ずかしい」

互《たが》いに笑顔で申《もう》し訳《わけ》なさそうに謝《あやま》る菅原と夜久の様子《ようす》は、さながら保護者のようだ。

せっかく仲間を守るために出てきたのに恥ずかしいと言われて、田中と山本は言葉もなく落ちこんだ。だが、そんな山本が急に「はうわっ」と奇妙《きみょう》な声をあげる。

何ごとかと驚く田中の後ろから、潔子《きよこ》がやってくる。

艶《つや》やかな黒髪、雪のような白い肌、思慮《しりょ》深い瞳《ひとみ》にかかるメガネ、上品さのなかに迷いこんだような口元《くちもと》のほくろが妙《みょう》に艶《なま》めかしい。

風に黒髪を揺らしながら、山本の視線に気づくと、小さく頭を下げた。

そのなにげない仕草《しぐさ》に、山本は心にスパイクを打ちこまれた。

心臓直撃の恋のスパイクを。

「女子っ……マネージャーッ……」

音駒には女子マネージャーがいない。悔《くや》しいから、山本は烏野に女子マネがいないことを願っていた。それが美人だったりしたら、なおさら許せないと。

だが、美人女子マネはいた。いてしまった。悔しさと胸の高鳴りを抑《おさ》えきれず、山本は逃げるようにその場を立ち去った。

突然のことに驚いている日向に、影山《かげやま》が近づく。

「お前、なんで音駒《むこう》の奴と知り合いなんだよ」

「ロードワーク中にたまたま会った。音駒のセッターだって」

「セッター……」

それを聞いた影山の闘志《とうし》がメラメラと燃えあがる。

同じポジションと聞けば、誰でも意識せずにはいられない。あまりの気迫に日向は「うおっ⁉」と驚いた。

「今日はよろしくお願いします」

「こちらこそ、よろしくお願いします」

球技場の中では、ネットなどをセッティングしているなか、音駒の主将《しゅしょう》・黒尾《くろお》と烏野の主将・澤村《さわむら》が爽《さわ》やかな笑顔で握手を交《か》わしていた。

「…………」

「…………」

その爽やかな笑顔には寸分《すんぶん》の隙《すき》もない。

——あ、コイツ、食えないタイプの奴だ。

その笑顔のまま、両校の主将はお互いにそう思った。

一方、同じ会場で、久しぶりの再会を烏養《うかい》は果たしていた。

「八年ぶりか？　なんだよ、烏養、そのアタマ」

「うっせーな、直井《なおい》。お前は変わんなすぎだろ」

音駒バレー部のコーチである直井とは、烏養が高校生だった頃に練習試合で対戦した仲だ。長い間会っていなくても、気心は知れたもの。ふたりはニシシッと笑い合った。

「おっ、繋心《けいしん》か！」

その声に、烏養はハッとして姿勢を正す。

「お久しぶりです、猫又《ねこまた》先生」

「相変わらず、じじいそっくりの顔しやがって」

そう笑って言う白髪《しらが》で恰幅《かっぷく》のいい小柄《こがら》な老人は、音駒の監督の猫又育史《やすふみ》だ。

「お電話した武田《たけだ》ですっ、今日はわざわざ本当にありがとうございますっ！」

あわてて駆《か》けよる武田に、猫又は笑う。

「そりゃあ、あんなにしつこく電話もらったらねえ。来ないわけには」

「すっ、スミマセンッ！」

「冗談です、冗談！　うちも、この三日、いい練習試合ができました。今日もよろしくお願いします」

「ハイ！　こちらこそ！」

猫又は好々爺《こうこうや》然とした笑《え》みを一変させ、口を開く。

「……相手が烏養のじじいじゃなくとも……容赦《ようしゃ》しねえよ？」

その一筋縄《ひとすじなわ》ではいかないような鋭《するど》い目に、烏養と武田は気を引《ひ》き締《し》める。覚悟しておけと牽制《けんせい》されたのだ。


ユニフォームに着替えた両チームは、それぞれコートの脇《わき》に集まっている。

憧《あこが》れのユニフォームに、日向は誇らしい気持ちでいっぱいだった。

「――正直言って、俺たちは顔を合わせたばっかで、デコボコでちぐはぐで、しかも今日がこの面子《メンツ》で初試合だ。音駒という未知のチーム相手に、どんな壁にブチ当たるかわからない」

澤村の言葉に、全員が真剣な様子《ようす》で耳をかたむける。

「でも、壁にブチ当たった時は、それを超《こ》えるチャンスだ」

そう言う澤村の顔は、頼《たの》もしいキャプテンそのものだった。


「――俺たちは血液だ」

音駒チームの選手が集まり、円陣《えんじん》を組んでその真ん中に拳《こぶし》を突《つ》き出《だ》している。いつもの音駒の儀式だ。

黒尾が続ける。

「滞《とどこお》りなく流れろ。酸素を回せ。〝脳〟が正常に働くために。いくぞ!」

「あス!!」

そして気合を入れてコートへと向かう面々。だが、孤爪だけはいつものように、いつもと変わらぬ低いテンションだ。

そのテンションで黒尾に話しかける。

「クロ……今のやめない……？　なんか恥《は》ずかしい……」

〝脳〟が自分のことだと自覚しているからこそ、中心になるようで嫌《いや》だった。そんな孤爪に、後ろから山本が声をかける。

「いいじゃねーか、雰囲気《ふんいき》、雰囲気！」

「自分らへの暗示《あんじ》みたいなもんだ」

後から来た坊主頭《ぼうずあたま》の3年、WS《ウイングスパイカー》の海信行《かいのぶゆき》も孤爪にそう声をかけていく。

「――と、いうことだ」

黒尾がニヤリと笑う。

〝脳〟の言うこと、誰も聞いてくれない。孤爪は小さくため息を吐《つ》いた。


笛の音《ね》が響《ひび》く二階の観客席に町内会チームの滝ノ《たきの》上《うえ》と嶋田《しまだ》がやってくる。ふたりとも烏野バレー部ＯＢなので音駒と聞けば、心騒《さわ》ぐ。仕事の合間を見て、観《み》にきたのだ。

「おっ、間に合った」

「久々だねえ」

「では、これより音駒高校対烏野高校の練習試合を始めます！」

審判の声が響く。

スターティングオーダーは、音駒、３年ＷＳの海、２年ＷＳの山本、１年ＭＢ《ミドルブロッカー》の犬岡《いぬおか》、２年Ｓ《セッター》の孤爪、２年ＷＳの福永《ふくなが》、３年ＭＢの黒尾、そして３年リベロの夜久。

烏野、３年ＷＳの澤村、１年ＭＢの日向、２年ＷＳの田中、１年Ｓの影山、１年ＭＢの月島《つきしま》、３年ＷＳの東峰《あずまね》、そして２年リベロの西谷《にしのや》。

いよいよ、因縁《いんねん》の〝猫《ネコ》対烏《カラス》、ゴミ捨て場の決戦〟が始まった。

「今日は緊張してないな？」

「はい！」

澤村に聞かれて、そう答える日向に音駒の前衛《ぜんえい》にいる犬岡が気づく。

「うおおっ!?　ちっこいっ」

デカい犬岡に驚かれ、日向はムッと返す。

「ナッ、ナメんなよっ！」

だが、犬岡は人好きのする笑顔で、「ナメてねーよ、全然!!」と言う。その裏表のない笑顔に、日向はついさっき小さいと言われたことも忘れる。

「ほっ、本当に⁉」

「おう!」

ふたりのほのぼのした会話に、「チッ」と影山は鋭《するど》い舌打ちをした。

「⁉」

日向の小さい背は時に相手が油断《ゆだん》する要素になるのに、それが通じないのはおもしろくない。ちょっとくらい油断しろや、と影山の眉間《みけん》のシワが深くなる。

影山の機嫌《きげん》の悪さに、訳《わけ》がわからず日向と犬岡は青ざめた。

「翔陽《しょうよう》」

孤爪が日向に声をかけてくる。

「おれ……ウチのチーム、強いと思うって言ったけど……強いのは、おれじゃなくてみんなだから」

それだけ言うと、孤爪はサーブのために行ってしまう。

「………?」

チームに、すごいサーブを打つ奴《やつ》や、旭《あさひ》さんみたいなエースがいるんだろうかと、日向が思っているうちに、笛が鳴り、孤爪のサーブが飛んできた。

「旭さん！」

「オーライ！」

コーナーギリギリに向かうボールを、東峰がレシーブする。だが、ボールの距離が足《た》りない。

「スマン！　ちょい短い！」

「旭さん、一か月もサボるからっ」

「スミマセン！」

西谷の遠慮ない声に、東峰は謝《あやま》るしかない。

「影山、カバー！」

「ハイッ」

澤村の声に、影山はボールの下へと移動する。それに合わせるように動いていた日向が急に方向を変え、相手ブロックのいないほうへとダッシュする。そしてその勢いのままジャンプした。

それに気づいていた影山が振りかぶる日向へと鋭いトスを放つ。

日向は目を閉じたまま、それをスパイクした。

「っ……⁉」

突然のことに、音駒は誰ひとり動けなかった。孤爪の横を、ボールが過ぎていく。

だが、見開かれた孤爪の目は、ゆっくりと日向に焦点《しょうてん》を合わせ始めた。

「すげえ速《はえ》えっ、なに⁉」

「あんなトコから速攻《そっこう》……⁉」

驚《おどろ》いたのは、犬岡と夜久だけではなかった。

「なんだあ、ありゃあ……トス見てねえじゃねえか！」

目を白黒させる猫又に、してやったりと烏養と武田はニヤつく。

「……すごいね……ビックリした」

「！　エヘへ！」

孤爪に言われて、得意げに笑う日向。

「ナイス翔陽！」

「あざーす！」

「…………」

そんな日向を孤爪は、まるで観察するように静かに、じっと見つめる。

「行ぐぞ、オラァ！」

田中のサーブを、ぎょろりとした目で眉《まゆ》の薄い福永がレシーブで孤爪に繋ぐ。そして上がったトスを、山本が「ダッシャイ!!」とスパイクした。

それを西谷が受ける。

「ナイスレシーブ！」

影山はそう声をかけながら、トスの準備に入った。それに合わせたように日向がネット前へと走り出す。

それを見て、また速攻かと犬岡たちがブロックをかまえる。

日向がジャンプするのに合わせて跳《と》ぶが、影山のトスは反対側の東峰へ上げられた。

東峰の強烈なスパイクが相手コートに撃《う》ち落《お》とされる。

だが、それにリベロの夜久が食らいつく。しかし、ボールはライン外へはじき出された。

「！」

それを見ていた西谷が目を見開く。

「ありゃあ拾《ひろ》えなくてもしょうがねえな」

東峰の高校生離れしたスパイクに、猫又は半《なか》ば呆《あき》れながら苦笑《くしょう》した。

「次は俺だぁー！」

田中がスパイクを決める。西谷が拾う。日向が打つ。

「…………」

試合が進むなか、そんな烏野の動きを、孤爪は息をひそめるように、じっと見つめていた。

「とんでもねえな……」

猫又はそう言って、タイムアウトをとる。

集まった選手を前に口を開いた。

「リベロもスパイカーもいいのがいるな。なかでも一番とんでもねえのは……セッターだ」

そして影山を見る。

「あれは、バケモンだな。スパイカーの最高打点への最速《さいそく》トス……針の穴を通すコントロールだ……。ま、天才はしょうがねえ……が」

そう言って猫又は鈍い光を放つ目を細める。

「天才がひとり混じったところで、それだけじゃ勝てやしないのさ」

そう言って、猫又は孤爪に視線を移した。〝脳〟が働く時だ。

気づいた孤爪はわずかに視線をそらしてから口を開く。

「……翔陽が攻撃の軸《じく》なら、翔陽を止めちゃえばいい……」

「翔陽？」

「あのすばしこい10番」

山本の問いに、黒尾が答える。そして、猫又が言い放った。

「あの9番と10番はいわば――、鬼と、その金棒《かなぼう》。まずは鬼から、〝金棒〟を奪《うば》う」

孤爪の大きな目に、くったくなく笑う日向が映《うつ》っていた。


試合再開。音駒7ポイント、烏野10ポイントで烏野がリードしている。

「すごい！　いい調子ですね！」

嬉しそうに言う武田の隣で、烏養は眉《まゆ》をひそめた。

「なーんか気持ち悪いな……」

「え？」

「様子《ようす》を窺《うかが》われてるっつーか……観察されてるっつーか……」

目立つ攻撃をしてくるでもなく、受け手に回っているような感じがする。

だが、あの音駒がただおとなしく見ているだけのはずがないと、烏養は落ち着かなさを感じていた。

影山が日向にトスを上げる。

ブロックのいないところに走り、打ったスパイクは追いかけてきた犬岡の指先をかすめて落ちた。

音駒11ポイント、烏野14ポイント。

「んぬう～っ、くっそ!!」

悔《くや》しがる犬岡に、山本が「惜《お》しかったぞ」と声をかける。

あの7番……日向についてきている……?

その様子をネット越しに見ながら影山は思った。その顔にはわずかに焦《あせ》りの色が浮かんでいる。

二階で見ている滝ノ上と嶋田は、音駒のコートに注目していた。

「音駒はブロックをサイドに寄せたな」

「うん……デディケートシフト」

音駒のブロックが、烏野コートから見て左側に集まっている。

ブロッカーの三人を右、または左に寄らせる配置のことをデディケートシフトというのだ。

そのブロックの端《はし》、ほぼコートの真ん中にいる犬岡は、さっき孤爪に言われた言葉を思い返していた。

「翔陽の動く範囲を狭《せま》くしちゃえばいいよ。確かにあんな攻撃、最初に見た時は誰でもびっくりするんだと思う。でも最初クリアできそうにないゲームでも、繰《く》り返《かえ》すうちに……慣れるんだよ」

音駒で一番すばしっこい犬岡は、10番の日向を追いかけることを言いつけられていた。頭を使ったプレーは苦手《にがて》だが、ひとつのことを徹底してやるのはとても向いている。

——10番を追っかける、10番を追っかける……!

犬岡は日向の動きを一瞬も見逃《みのが》さないように、じっと見つめる。

このデディケートシフトは、日向の動きを封《ふう》じるための音駒の罠《わな》だった。

単純な日向はブロックを片方に寄せれば、必ずその反対へ行くだろうと孤爪は予測した。

嫌《いや》な予感を残しながら放った影山のトスを、日向は読まれているとも知らずブロックのいないほうへ速攻で打つ。

そのボールに、犬岡は必死で手を伸ばした。指先が、ボールをかすめる。

——また触《さわ》った!

それを見た影山の顔が歪《ゆが》む。

ボールは夜久がレシーブして、孤爪の上へ。

烏野
音駒
5

「速攻、くる！」

スパイクをブロックしようとネット前で意気ごみかまえた日向の前で、孤爪は落ちてきたボールに向かってジャンプし、そのまま柔らかく烏野コートに落とした。

「えっ」

茫然《ぼうぜん》とする日向。西谷のフォローも間に合わない。

武田が悔しそうに呟く。

「ツーアタック……！」

トスを上げると見せかけて攻撃することだ。

冷静な攻撃に、烏養がおもしろくなさそうに顔をしかめる。

まんまと引っかかってしまったことを悔しがる日向に、影山が声をかけた。

「おい、力《りき》みすぎんなよ。ちょっとのスキも見られてる」

影山は、音駒のセッターに底知《そこし》れなさを感じはじめていた。

音駒の海が打ったスパイクが、東峰と月島のブロックに触《ふ》れて烏野コートに落ちる。

「前！」

澤村の声に、田中がとっさにレシーブする。

「スマン、ノヤっさん！　カバー頼む！」

「任《まか》せろ!!」

ボールの落下地点で待ちかまえる西谷に、影山が手を上げ叫《さけ》んだ。

「ライト!!」

「影山がトス呼んだ!?」

後衛《こうえい》に回って、リベロの西谷と交代している日向とコート際《ぎわ》で見ていた菅原たちが驚く。

「影山!!　ラスト!!」

西谷から上がったボールに合わせて、影山はまっすぐ走りこみ、ジャンプし振りかぶる。

そして、跳びながら相手コートの守備の隙間《すきま》を察知し、まっすぐボールを打ちこんだ。

スパイカーである田中と東峰の面目《めんもく》が潰《つぶ》れるような華麗《かれい》なスパイクだった。

影山はコート外の日向を指さし言い放つ。

「オイ、今のがストレートだからな！　サイドライン沿《ぞ》いまっすぐ！　ちゃんと打ちわけできるようになれよ！」

「うぐぬ〜っ」

お手本のようなスパイクをセッターから見せつけられ、日向は何も言い返せない。

「影山《コイツ》のハイスペック、マジ腹立つわ〜」

と、顔を引きつらせながら言った田中に、影山と同じセッターの菅原も、

「まったくです」

と、深く頷《うなず》いた。

試合は進み、音駒16ポイント、烏野18ポイント。じわじわと点差が縮《ちぢ》まってきた。

月島がスパイクすると見せかけて、軽くボールを落とす。山本が間に合わず、コートに滑《すべ》りこんだ。

「ナイスフェイント！　月島！」

——こいつ、賢《かしこ》い奴《やつ》だ……冷静によく見て考える奴。

翔陽とは真逆《まぎやく》だと、孤爪はネット越しに月島を盗《ぬす》み見《み》るように観察する。その視線に気づいたのか、孤爪を見る月島。

孤爪はサッと視線をそらす。見られるのは苦手《にがて》だった。

「ナイッサー！」

「山本！」

烏野のサーブに黒尾の声が飛ぶ。「よっしゃ！」と山本のレシーブしたボールが、まっ

すぐ孤爪の上にやってくる。

自分の元に落ちてくるボールを見ながら、誰に上げようかと孤爪は考える。その向かいで、月島がいつボールがきてもいいように待ちかまえていた。

ライトに向かう海に孤爪は視線をやる。

それを見た月島が、ライトか、と海のほうへ移動しようとしたその時、

「レフトだよ」

と、小さく呟《つぶや》いて孤爪はレフトにトスを上げる。

月島はハッとするが、遅すぎた。

やっぱりよく見てた。反応も早い……。自分の読みが当たっていたことを喜ぶでもなく、孤爪はただ確認するだけだ。

レフトの福永に上げられたボールは、烏野のコートに打ち落とされる。

「よっしゃあ!」

月島は自分を読んでいた孤爪を、警戒《けいかい》するように見た。

——今の視線、フェイント……!!

さっきの様子《ようす》を見ていた影山は、孤爪を凝視《ぎょうし》する。

「……他人が苦手で、他人の目を気にするが故《ゆえ》、他人をよく観察する。孤爪《アイツ》は予測が上手《うま》

い。コイツはこういうタイプで、きっとこう動くっていう予測が」

猫又はそう言いながら、狡猾《こうかつ》そうな笑《え》みを浮かべた。

「……でも、音駒《ウチ》の強さはそこがポイントじゃないけどな」

孤爪が上げたトスを、黒尾が決める。

日向のスパイクに、犬岡がさっきより確実に触《ふ》れた。

「ワンタッチ！」

コート外に飛び出そうになるボールを、夜久がカバーする。

「ナイスカバー！　夜久さん」

「……超人《ちょうじん》みたいなエースがいなくても、地道《じみち》に、丁寧《ていねい》に、1点1点を積《つ》み重《かさ》ねていけば……」

自分の選手たちを見ている猫又の目は揺《ゆ》るぎない。

夜久がレシーブしたボールを、孤爪が山本に上げる。そして、山本のスパイクが決まった。

音駒24ポイント、烏野22ポイント。音駒のセットポイント。

日向が影山に近づく。

「影山！　次こそバシッと決めるから、トスくれ……！」

「今、相手のセットポイントだ。ミスったら、このセット落とすぞ」

「うっ……」

大事な場面に日向は青ざめたが、それでも意志は揺るがなかった。

「わかってる‼　決める‼」

そして、音駒からのサーブ。西谷が受け、影山に上げた。

犬岡は言いつけを守る犬のように、日向だけをじっと見る。

日向が走りだす。そして、ブロックを避《さ》け、急速に方向転換した。

犬岡の足も、それにつられるように反応する。

走って、その勢いのまま目を閉じながらジャンプし、振りかぶった日向に影山のトスが放たれる。まさに、スパイクしようとする日向に合わせて犬岡が力強く踏《ふ》みこみ、跳んだ。

嫌《いや》な気配を感じたように、目を開《あ》けた日向が見たものは、そのボールの先を遮《さえぎ》ろうとする犬岡の大きな手だった。

「!!!」

日向のスパイクが犬岡の手に弾《はじ》かれた。

――最初クリアできそうにないゲームでも、繰《く》り返《かえ》すうちに、慣れるんだよ。

笛が鳴り、音駒に点が入ったことが知らされる。

音駒25ポイント、烏野22ポイント。

「やっと捕《つか》まえた!!!」

言いつけを守った犬岡は、無邪気《むじやき》に笑う。そして、第1セットは終了した。

「おい！　いちいち凹《へこ》んでらんねーぞ！　次のセット、とり返す！」

落ちこんでいるような日向に、影山が声をかける。

「絶対止められないスパイクなんかないんだ。迷うなよ」

「次は絶対決めたれ、日向！」

「ガッとな！」

烏養や田中や西谷からもそう声をかけられ、日向は「……はい！」と力強く答えた。

だが、第2セット開始早々《そうそう》、日向のスパイクはまたも7番の犬岡に止められた。

「あぁっ、また……！」

二階で見ている嶋田たちの顔も心配そうだ。

「ナイスブロック、犬岡!!」

ベンチの烏養が思わず眉《まゆ》を寄せる。

あの7番、マグレじゃねえ……日向の動きに慣れてきたんだ……！

「………」

息があがっている日向を、孤爪はじっと見つめる。その目は獲物《えもの》が弱るのをじっと待っている猫のようだ。

烏野1ポイント、音駒3ポイント。

日向はもう一度スパイクを打つが、やはり犬岡に止められた。

「っし‼」

「ナイスブロック犬岡‼」

日向はまたスパイクするが、また犬岡のブロックに止められる。澤村が落ちたボールを拾《ひろ》った。

「大地さん、ナイスカバー！」

西谷の声が飛ぶ。

「………」

西谷と交代してベンチ脇《わき》に待機している月島が、何か言いたげに烏養を見た。

「なんで日向を交代させないのかって言いてえのか？」

「！　べつに……」

月島は少し驚きながら、視線を戻す。烏養はコートにいる汗だくで疲弊《ひへい》しているような日向を見ながら言った。

「これが公式戦なら替《か》えてるかもな……。でも、今なら解決策を探《さが》すチャンス……。だが、日向が戦意《せんい》を喪失《そうしつ》してしまうようなら、一回下げたほうがいいかもな」

西谷が影山にボールを上げる。そのタイミングで日向が走りだす。端《はし》から端への俊足《しゅんそく》に、犬岡は一瞬出遅れた。

躱《かわ》した……！　影山はそれを感じながら、今度こそ、とトスを上げる。

「っ……！」

だが、犬岡はそれに追いついた。

タイミングが少し遅れても、犬岡の高い身長がそれをカバーする。そして、また日向のスパイクはブロックされた。

「くそっ」

「ダメか……」

田中や武田が悔《くや》しそうに言う。

日向にとって、やっと手に入れた自分よりずっとデカい相手と戦う方法。唯一《ゆいいつ》で最強の攻撃。それがたったひとりのブロッカーに止められてしまったのだ。心が折れるには、十分すぎる。

猫又は荒い呼吸を繰《く》り返《かえ》す日向を見ながら、口を開く。

「──気力を挫《くじ》く〝人の壁〟、打てば打っただけ、心は折れて──」

だが、その声は途中で一瞬止まる。

「──笑った」

猫又は啞然《あぜん》とする。

日向は笑っていた。

息荒くしながらも、その目はどこか恐ろしいほど澄《す》んで輝いている。

その目には迷いも、絶望もなく、あるのはただひどく純度の高い喜びだけだ。

そんな日向に、影山も、孤爪も、黒尾たちも息を吞《の》んだ。純粋すぎるものは、時にどこか禍々《まがまが》しくさえ見える。

武器が奪われたら、戦えない。ゲームセットだ。なのに。

予測がつかない日向の反応に、孤爪は心がざわつくのを感じた。

「……おい」

「なんか……違うんだ」

少し戸惑《とまど》いながらも声をかけた影山に、日向は言う。

「ブロックで〝向こう側〟が全然見えなくて、どうすればいいのか全然わかんなかったあの頃の感じとは……なんか違う」

何もできなかったあの頃。それから日向は四苦八苦《しくはっく》しながら、やっと今の武器を手に入れた。立ち向かう方法を手に入れた。

もう何もできない〝あの頃〟じゃない。

影山はそんな日向の横顔をじっと見つめた。

「音駒《むこう》もギリギリでついてきてるのわかる……。今まで、ブロックは怖《こわ》くて嫌《いや》なだけだったのに、あいつが目の前に来るとわくわくするんだ。お前のトスと、あと何かの工夫で打ち抜けるんじゃないかって思うんだ。だから」

日向は影山に向き直る。

「もう一回、おれにトス上げてくれ」

日向は諦《あきら》めていない。戦う方法を模索《もさく》していた。スパイカーの道を切り開くのが、セッターの役目。なら。

何度だって、上げてやる。

「当たり前だ」

影山は力強く日向に答えた。


烏野5ポイント、音駒7ポイント。

「ナイッサー!」

音駒からのサーブを受け、影山は、走りジャンプした日向にトスを放つ。

「!!」

影山は驚いた。日向は目を開《あ》けてスパイクしようとしている。

日向はジャンプしながら相手コートの守備の隙間《すきま》を見る。だがそのせいか、影山のトスを空振《からぶ》りし、バランスを崩《くず》して着地した。

「今……日向、トスを……」

「見ましたね……!」

コート脇《わき》の菅原と山口が唖然《あぜん》とする。

「今まで、ボールは完全に影山に任《まか》せて、ひたすらフルスイングだったのに!」

菅原が叫《さけ》んだ。

「っ……たっ、たたたターイム!!」

同じく唖然としていた烏養が、慌《あわ》ててタイムをとる。

「…………」

無言で近づいてきた影山に、日向が慌てた。

「あっ、おっ、お前のトス信用してないとかじゃなくてだなっ、なんだろ……」

「なに、焦《あせ》ってんだ、お前」

烏養が影山に話しかける。

「日向にいつもより少し柔《ヤワ》めのトスを出してやれ。いつものダイレクトデリバリーじゃなく――」

「インダイレクトデリバリー……」

タイム終わりの笛とともにコートに戻っていく選手たちを見ながら、武田は烏養に尋《たず》ねる。

「トスを変えるのはどうして……」

影山が日向に送っていたトス、ダイレクトデリバリーは、直線的軌道《きどう》のギュンッとしたトス。対して、インダイレクトデリバリーは、放物線《ほうぶつせん》状の軌道を描《えが》くふわっとしたトスだ。

「空中で日向に余裕ができるようにだ。さっき日向は、空中でブロックを避《さ》けようとした

「……全然できてはなかったけどな」

1セット目の影山のストレート打ちを、ブロックを避ける方法を、見様見真似《みようみまね》で日向は再現しようとしていた。

影山がインダイレクトデリバリーを日向に向かって放《はな》つ。だが、それは何度やってもなかなか上手《うま》くいかない。

今まで日向は何も考えないで、ただ影山のトスを信じて打つだけだった。だから、自分でタイミングを合わせようとしても、なかなか合わせられないのだ。それがどうにもむずがゆい。

「あぁっ、また返すので精一杯《せいいっぱい》……どうすれば上手くいくんでしょうねぇ～」

武田は歯がゆそうな顔をして烏養を見る。烏養は落ち着いた顔で答えた。

「……初めてのプレーをすぐできないのなんて当然だ。でも、どんなことだって〝やってみる〟から始まるんだ」

日向はくじけることなく、「もってこい！」と何度も影山のトスを呼ぶ。

「〝小さな巨人〟て、前に烏野にいたろ」

「日向君、憧《あこが》れのエースですね！」

「身長は170センチそこそこで、最初はブロックに止められてばっかだった。それが2

年の後半には、空中戦で右に出る奴《やつ》はいなくなった」

烏養は、自分の祖父《そふ》である烏野の前監督が〝小さな巨人〟について言っていた言葉を思い出す。

——〝翼〟がないから、人は飛び方を探《さが》すのだ。

小柄《こがら》な自分でも戦える方法を模索《もさく》し、勝ち取った〝小さな巨人〟。

日向もまた、模索し、それをつかみとろうと高くジャンプし、振りかぶる。だが、そこには犬岡の手がその先を遮《さえぎ》ろうと待ちかまえていた。

それを見ていた孤爪がハッとする。

日向は打つ直前で、そのボールを正面からではなく、ブロックを避《よ》けて斜《なな》めにスパイクしたのだ。

守備の薄いコートにボールが鋭《するど》く突き刺さる。思いもよらぬスパイクの軌道《きどう》に、リベロの夜久も追いつけなかった。

だが、審判がアウトであることを知らせる。

「あーっ、アウトかーっ」

武田が思わず立ちあがる。烏養も思わず興奮していた。

一番近くで、日向のスパイクを見て茫然《ぼうぜん》としていた犬岡が、興奮した子供のように口を開く。

「……すげえ……、すげえな！　翔陽!!」

息を整えていた日向が顔を上げる。

「……もう一回！」


何かをつかみかけている日向に、影山は回ってきたボールを慎重《しんちょう》に上げる。

──もう一回、日向が頂《てっぺん》で留《とど》まる一瞬に、最高打点へボールを置くように。

近づいてくるボールを感じながら、日向は相手コートの隙間《すきま》を見る。そして狙《ねら》いを定《さだ》めて、大きくスイングした。

だが、大きく空《から》ぶりする。トスが少し高かったと、心の中で舌打ちする影山。

「……っ」

そのまま落ちるかと思われたトスを、澤村がカバーした。

「キャプテンッ」

澤村が上げたボールは、そのまま相手コートのネット前に落ちる。

「入ってる!!」

「前、前!!」

「ふんぬっ」

犬岡が必死で食らいつき、レシーブする。

「ナイス犬岡！」

「こいやァァァ!!」

アピールする山本に、孤爪が「虎《とら》っ」とボールを上げる。

それを田中と日向と澤村が待ちかまえる。山本のジャンプに合わせて、三人でジャンプし、ブロックした。

「ッシャア!!」

「くそっ……！」

雄叫《おたけ》びをあげる田中に、悔《くや》しがる山本。

だが、ブロックされたボールに海が滑《すべ》りこんでフォローした。その着実なプレーに、澤村が目を見張る。

派手なプレイだけが目立ちがちだが、こうしてボールを繋《つな》ぐ選手がいるからこそ、試合は続けられるのだ。

「研磨ァ!!! もう一本だ、コラァ!!」

孤爪が山本にボールを上げる。

「……たとえ攻撃力が平凡だと言われようとも！　俺が音駒のエースだ‼」

そう言いながら放った山本のスパイクは、田中たちのブロックを打ち抜いた。

「っシャアア‼」

「くそっ！」

今度は山本が雄叫びをあげ、田中が悔しがる。

それを見ていた音駒の控《ひか》えのリベロの柴山《しばやま》が嬉《うれ》しそうに言った。

「猛虎さん、いつにも増して気合入ってますねーっ」

猫又もどこか嬉《うれ》しそうに目を細める。

「烏野に似たような奴いるみたいだから、そのせいかな？　それとも、犬岡とあの10番の攻防《こうぼう》に感化《かんか》されたかな？」

一方、烏野のベンチでは、武田が心配そうに眉《まゆ》を寄せていた。

「……日向君と影山君の速攻《そっこう》は、なかなか合いませんねぇ……」

「今までの……影山が完璧《かんぺき》に日向に合わせる変人《へんじん》速攻と違って、今やろうとしてるのは普通の速攻だからな。日向にも技術的な成長が必要なんだ。何度も何度も合わせて、体に覚《おぼ》えこませるしかない」

そう言う烏養の視線の先には、日向にアドバイスをしている影山の姿。何かをつかもうとしている日向を、周《まわ》りの仲間も見守っていた。

「でも、そうやって鍛《きた》えていって、使いわけができるようになったら――」

「……その時は、〝鬼と金棒〟じゃなく……鬼と鬼だな」

そうなった時のことを思い浮かべて、猫又はわずかに眉をひそめた。対戦相手にとって、それはどれほどの脅威《きょうい》に育つのか。

烏野13ポイント、音駒17ポイント。

「ナイッサー」

孤爪の打ったサーブが、日向のところに向かってくる。

「うっ」

日向は向かってきたボールに迷う。アンダーでとるには高い、オーバーでとるには低い、絶妙《ぜつみょう》な高さだ。

「ほぐっ」

迷っているうちにボールにぶつかった。

「カバー、カバー!」

西谷がフォローし、「龍!」と田中にボールを上げた。

「っしゃあぁ!! ピンチの時に決めんのは旭さんだけじゃねえんだぜぇぇぇ!!!」

田中のスパイクがブロックしていた山本の腕を弾《はじ》き飛《と》ばす。

「ソイソイソイソイソォォイ!!!」

どうだと言わんばかりに、田中と西谷が山本に向かって、片足をひざまずき腕を上下させて見せる。妙《みょう》に癪《しゃく》にさわるその踊《おど》りに、山本は「うぐぬ～っ」と苛立った。

烏野からのサーブを音駒の福永が受ける。

ネット前にいた日向が、海が飛び出してくるのを見て速攻かとかまえようとしたその時、犬岡がその後ろで動きだすのに気づいた。

孤爪が犬岡に向かってトスを上げる。日向はそれに向かってジャンプした。

犬岡がスパイクしたボールに伸《の》ばした日向の手が当たる。驚く犬岡。

「ナイスワンタッチ!」

「チャンスボール!!」

澤村の声に、ジャンプから着地した瞬間、走りだす日向。

「!? 速《はや》――」

その速さに音駒の1年、控えの芝山《しばやま》が驚《おどろ》く。

「音駒の7番も反応速い……!」

日向の速さに食らいついていく犬岡に菅原たちもハッとする。

「……ギリギリの戦いの中で、互いに影響し合い……時に実力以上の力を引き出す。まさに〝好敵手《こうてきしゅ》〟か」

猫又の目に映《うつ》る選手たちの顔は、誰も彼も真剣だ。相手の全《すべ》てを見逃《みのが》さないように集中し、負けまいとする。

互いが互いを超えようとする時、人は思わぬほどの成長を遂《と》げるのだ。

影山が日向にトスを上げる。

日向のほうに犬岡が迫《せま》るが、犬岡の動きより早く日向はボールに触《ふ》れた。まだタイミングがつかめず弱々しいスパイクだったが、それでも音駒のコートに落ちる。

「抜いたっ！」

「入ったっ！」

菅原と山口が思わず声をあげる。

「よっしゃア‼」

思わずガッツポーズで喜ぶ日向。だが、影山は、まだちょっと高いかと、顔をしかめた。

完璧《かんぺき》を求めるのが影山なのだ。

「ッシャアァ‼」

だが、すぐその1点をとり返すように、山本のスパイクが決まる。レシーブでボールを飛ばしてしまった田中が「くそっ！」と悔しがる。

烏野15ポイント、音駒18ポイント。

「……先に20点台には乗られたくないな……」

菅原が呟《つぶや》く。あと7点とられたら負けてしまうのだ。

「犬岡、サーブ！」

「ハイッス！」

犬岡がサーブのために移動する。

ローテーションで黒尾が日向の前にやってきた。無表情に見下《みお》ろされ、日向は思わず息を呑《の》む。

犬岡との勝負はワクワクして楽しかったが、こっちは怖《こわ》い。背が高いだけじゃなく、得《え》体《たい》の知れない威圧感がある。

警戒《けいかい》心丸出しの日向に、黒尾は笑った。

「20センチ以上の身長差で犬岡と互角《ごかく》以上に戦うなんて、すげーな、チビちゃん」

チビちゃん、とからかうように言われ、日向はムッとする。

「チビって言うほうがチビなんだぞ、コラァ！」

怖いが身長のことを言われては黙っていられない。

騒《さわ》ぐ日向をよそに、黒尾はその後ろにいる影山に視線を移す。そして小さく笑った。

黒尾の何を考えているかわからない笑顔に、影山は眉をひそめる。本能的に警戒しなければいけない相手だと悟《さと》った。

「おい！」

「うわぁっ、なにすん……うええっ」

影山は日向の首根《くびね》っこをつかんで自分のほうへ引っ張る。そして小声で言った。

「次はいつもの速攻《そっこう》やるぞ」

「エッ、〝フワッ〟じゃなくて〝ギュンッ〟のほう？」

「そうだ」

日向はおもしろくなさそうに唇《くちびる》を尖《とが》らす。

「エ〜……〝フワッ〟のほう、だんだん合わせられるようになってきたのに」

「だめだ。1番《アイツ》が前衛《ぜんえい》にいる間はだめだ」

「犬岡ナイッサー！」

犬岡のサーブを受け西谷が影山に上げる。

日向は黒尾の前で走りこんだ勢いのままジャンプし、目をつぶったまま影山のトスを打つ。

突然のことに動けなかった音駒のコートに日向のスパイクが決まった。

「っシ！」

「うひょーっ、やっぱこの感じ、気持ちいいーっ」

久々の変人速攻に、影山は小さくガッツポーズし、日向は手にバシンと当たる快感に身《み》悶《もだ》えた。

「……いい判断じゃねえかな」

「エ？」

呟いた烏養に、きょとんとする武田。

「今は、あの3年ＭＢ《ミドルブロッカー》には変人速攻が有効だと思う」

影山の本能は正しかった。まだ黒尾は日向の動きに慣れていないし、手練《てだ》れのＭＢから
すれば、当然、普通の速攻のほうが止めやすい。

黒尾は反応できなかったことを周《まわ》りに軽く謝《あやま》ってから、日向と影山を見た。

「やっぱスゲーな。人間離れって、ああいう奴らのこと言うんだろうな」

その目が獲物《えもの》を見る目に変わる。

「それじゃあ……とり返すか」

「日向ナイッサー！」

日向が打ったサーブを夜久が拾《ひろ》う。そしてボールが高く上がった直後、孤爪以外の選手が別々の方向に向かって一斉《いっせい》に動きだした。

「うわぁ！　なにやら入《い》り乱《みだ》れて……!?」

どこを見ていいかわからない動きに、武田が困惑《こんわく》する。

「誰がくる!?」

「やっぱ、ここは一番攻撃力のありそうな４番！」

二階で見ていた滝ノ上と嶋田は、４番の山本が打つと予想する。

その予想が当たっていたかのように、雄叫《おたけ》びをあげながら山本が跳《と》ぶ。

「うおおおお！」

それに合わせて前衛《ぜんえい》の澤村と月島と東峰がブロックしようとジャンプする。

だが、トスが上げられたのは後衛《こうえい》にいた福永だった。

バックアタック。前の三人は囮《おとり》だったのだ。

すでに下がりはじめている澤村たちの頭上を抜けて、福永のスパイクが打ちこまれる。

だが、なんとかしようとした日向にボールがぶつかり、そのまま音駒チームに返る。

「チャンスボール！」

黒尾がレシーブしたボールを孤爪に上げる。そして、また孤爪以外の選手が同時に走りだした。

「今度は誰が……っ」

誰に対してブロックしていいか困惑している東峰たちの前で、黒尾が孤爪の近くで素早《すばや》くジャンプする。孤爪がそれに合わせたトスを出し、黒尾がスパイクした。意表《いひょう》を突《つ》かれた烏野は動けない。

——Aクイック……！　影山はただボールを目で追うことしかできなかった。

「うはーっ」

「一瞬だな……」

二階の嶋田と滝ノ上が思わず感心するような速攻だった。

「……なんつーか、すげえ安定感のある速攻だな……。いつも危なっかしい日向を見てるからかもしんねえけど……」

ベンチの烏養も思わず眉《まゆ》を寄せた。一朝一夕《いっちょういっせき》にできるものではない。

烏野16ポイント、音駒19ポイント。

「山本ナイッサー！」

山本のサーブを田中がレシーブする。だが、正面から受けられず、ボールがあらぬ方向へ飛ぶ。

「スマン、カバー！」

「オープン！」

ボールを受けようとする西谷に、東峰が高いトスを要求する。

「旭さん！」

東峰は西谷から上がったボールを、力強く叩《たた》きつける。だが、それを夜久が後ろに下がりそうになりながらも、正面から受け止めた。

「！」

そのプレイに西谷はまた目を見張る。

次の攻撃、誰くる……？　上がったボールを注視《ちゅうし》しながら、烏養は考える。

走りこんできた黒尾に、東峰たちはまたAクイックがくるかと、ジャンプする。しかし、黒尾はジャンプする姿勢のまま一瞬止まった。

跳《と》ばない⁉

東峰たちが落ちる頃、黒尾は悠々《ゆうゆう》とジャンプし、素早《すばや》いスパイクを打った。ブロックを殺し黒尾の打ったボールは鋭《するど》く烏野のコートに落ちた。

「い……今の攻撃は……？」

「……〝ひとり時間差〟」

唖然《あぜん》として聞く武田に烏養は答える。

速攻で跳ぶぞと見せかけておいて、ブロックとタイミングをずらして打つ攻撃だ。

「さっきの完璧《かんぺき》なAクイックの直後にブッこんでくるあたり、さすがだな……」

「ナイストス！」

黒尾は嬉《うれ》しそうに、孤爪はいつもと変わらぬテンションで手を合わせた。

「守備力とか攻撃の多彩《たさい》じゃ、どう足掻《あが》いたって勝ち目はない。……今は、まだ——な」

烏養が半《なか》ば呆《あき》れたように笑う。

それほど、烏野と音駒では、チームとしてのレベルが違うのだ。

音駒が立派な大人《おとな》ネコなら、烏野は生まれたての雛《ひな》カラス。

「だったら……」

烏養は立ちあがり、選手たちに向かって口を開く。

「ガムシャラに食らいつくのみ!!　パワーとスピードでガンガン攻《せ》めろ!!」

烏養の突然の大声に、驚《おどろ》く選手たち。それにかまわず烏養は続ける。

「へたくそな速攻もレシーブも力技《ちからわざ》でなんとかする、粗削《あらけず》りで不恰好《ぶかっこう》な今のお前らの武器だ!!　今持ってるお前らの武器ありったけで、攻めて!　攻めて!　攻めまくれ!!!」

レベルが違うからといって委縮《いしゅく》する必要はない。出《だ》し惜《お》しみも、駆《か》け引《ひ》きもなく、全《すべ》てをぶつけて、ただ必死に戦うだけだ。

そんな烏養の言葉に背中を押されたように、烏野バレー部が息を吹き返した。

打ちこまれたボールを拾《ひろ》い、繋《つな》げ、攻撃を繰《く》り返《かえ》す。

犬岡のスパイクを月島がブロックする。

「おおっし!　ナイスブロック月島!!」

「ツッキーナイス!!」

月島のプレーに、菅原と山口も声をあげた。

「ドンマイ犬岡!」

「スンマセンッ」

烏野20ポイント、音駒22ポイント。だんだんと差が縮《ちぢ》まってきた。

得点《とくてん》ボードを見て、二階の滝ノ上と嶋田が嬉しそうに言う。

「烏野も20点台乗った!」

「流れも完全に烏野押せ押せムードだな」

その流れを断《た》ち切《き》るためか、音駒がタイムをとる。

集まった選手を見回し、猫又は口を開いた。

「焦《あせ》ってねえな?」

「ハイ!」

「ならいい。しっかり繋ぎなさい」

力強く答える選手に、猫又は笑う。その顔には選手への信頼があった。

試合再開すると、攻撃の応酬《おうしゅう》が続く。

烏野22ポイント、音駒23ポイント。あと1点で同点だ。

「がががんばれっ」

ベンチで見ている武田たちも大事な場面に、思わず気合が入る。当然、選手たちはそれ以上だ。

音駒からのサーブに、田中と日向が意気《いき》ごむ。

「落ち着いて一本止めんぞ!」

「ハイッ」

だが、熱《あつ》くなっているその隙《すき》を見逃《みのが》さず、孤爪はツーアタックする。西谷のフォローも間に合わない。

武田が思わず頭を抱《かか》えた。

「あぁーっ、忘れた頃にやってくるっ……！」

烏野22ポイント、音駒24ポイント。音駒のマッチポイントだ。

あと1点と盛りあがる音駒。

さすがに焦りを隠《かく》せない烏養を見て、猫又が笑う。

「！　あっクソッ、なんかニヤニヤ見られてる！」

「大丈夫です!!」

そんな烏養の焦りを振《ふ》り払《はら》うように、武田が立ちあがる。

「みんな、まだギラギラしてますから」

コートの中の選手は、点を奪《うば》ってやろうと相手チームを見据《みす》えていた。その目はまだ死んでいない。

「同点モギ獲《と》ったらァァ!!」

影山のトスのタイミングに合わせるように、田中が真ん中に走りこんでくる。

「通さねえぞ、オラァァ!!」

山本が雄叫びをあげながら待ちかまえる。田中と同じタイミングで日向も飛び出し、犬岡がそれに食らいつく。

だが、トスは田中を飛び越え、澤村に上がった。海のブロックを追いつかせず、ボールは音駒コートに突き刺さる。

烏野23ポイント、音駒24ポイント。

「ここであの3番が前衛に上がってきたか……」

猫又はローテーションで前衛に上がってきた東峰を見て、渋い顔をする。

この重大な局面で、烏野の前衛は東峰、澤村、日向。

烏養は考えていた。

ブロックの要《かなめ》であるMB《ミドルブロッカー》を100パーセント引きつけ、なおかつMB《それ》を躱《かわ》して得点できる可能性のある日向と、現在単体での攻撃力トップの東峰。その両方が前衛にいる今が、烏野が逆転する最大のチャンスだと。

「ここで1点とれば、デュースですね……!」

潔子も真剣に試合の行方《ゆくえ》を見つめている。

「ええ、デュースに持ちこめば、逆転のチャンスが生まれる……。この一本が正念場《しょうねんば》ですね」

そう言う武田の前で、音駒からのサーブを田中が受ける。

「ナイスレシーブ!」

ボールを待つ影山の後ろへ、日向が走った。それを横目で見ながら、影山は考える。

日向の速攻はまだ危なかっしい。ここは――。

そう判断して、影山は東峰にトスを上げた。振りかぶった東峰。

「いけっっ」

思わず立ちあがる武田。その横で、烏養も思わず力が入る。

だが、東峰のスパイクは夜久が受け止めた。高く上がるボール。

「あぁっ、拾われたっ」

「でも――」

高く上がったボールは、そのまま烏野のコートに返ってくる。

「チャンスボールだ!」

「くそっ……!　スマン……!」

ボールの行方を見ながら夜久が悔《くや》しそうに言う。

「東峰、ダイレクトだ!」

烏養が立ちあがり叫《さけ》んだ。

ダイレクトスパイク。相手から返ってきたボールを直接打ちこむスパイクだ。

「やべェッ」

山本がブロックしようとジャンプする。澤村が叫ぶ。

「叩《たた》け！　旭!!」

「うおあっ！」

山本のブロックを避け、渾身《こんしん》の力で東峰がスパイクを打ちこむ。だが、それを福永がレシーブした。

「また拾ったっ」

何度でも拾う音駒のレシーブ力に、二階の滝ノ上が思わず声をあげる。

ボールはまた、そのまま烏野へと返ってきた。

「チャンスボール!!」

田中がそれを影山に上げる。瞬時《しゅんじ》に走り出す日向。

影山はハッとした。

通りすぎる一瞬、日向と目が合う。強く、純粋で、まっすぐな目。

その目は、日向と初めて戦った時を思い起こさせた。土壇場《どたんば》での圧倒的存在感。

ここにいる。ここに持ってこいと呼んでいる。

傲慢《ごうまん》なほどの信頼に向かって、影山は迷いなくトスを放った。

高くジャンプした日向が、音駒の守備の隙間《すきま》を狙《ねら》う。

この試合で何度も何度も繰り返したものが、ようやく日向の頭と体に繋《つな》がり、ボールを打ちこんだ。

「っ！」

鋭《するど》く打ちこまれたボールに、なんとか夜久が食らいつく。だが、低く上がったボールはネットにぶつかる。

「やったっ!!」

武田が思わず叫んだ。そのまま落ちればデュースに持ちこめる。しかし、落ちそうになったボールを近くにいた海がとっさに上げる。だが、低い。

ボールはそのまま床《ゆか》に落ちてゆく。

「――強いスパイクを打てるほうが勝つんじゃあないんだ」

そう言う猫又の声は、どこまでも落ち着いている。

床に落ちる寸前のボールを、飛びこんできた孤爪が片手をひねるようにして力強く上げる。そしてそれは思いのほか速く烏野のコートに舞い戻った。

「!!」

「ボールを落としたほうが負けるんだ」

西谷と日向がボールを追いかける。

西谷が飛びこんで必死に手を伸ばす。

――ドゥンッ。

だが、届かなかった。

「これが、〝繋ぐ〟ということだ」

試合終了を告げる笛の音《ね》が響《ひび》く。

歓声《かんせい》をあげる音駒。そして、立《た》ち尽《つ》くす烏野。

烏野23ポイント、音駒25ポイント。セットカウント2対0。

勝者、音駒高校。

「あああ……」

武田が力なくベンチに座《すわ》りこむ。その横で潔子も残念そうに眉《まゆ》を寄せている。

小さく息を吐き、烏養が口を開いた。

「ウチにしてはミスも少なかったし、強力な武器はキッチリ機能してた。でも、勝てなかった」

そして音駒を見る。勝利に貢献した孤爪の頭を、山本が嬉《うれ》しそうにガシガシとかき回していた。

「アレが〝個人〟じゃなく〝チーム〟として鍛《きた》えられたチームなんだろうな……完敗《かんぱい》だ」

その時、日向の声が会場に響く。

「もう一回!!」

日向は音駒チームに向かって、叫ぶ。

「もう一回!! やろう!!」

突然のことに、烏野も音駒も唖然《あぜん》とする。

「おう、そのつもりだ!」

猫又の声に、日向はパアッと顔を輝かせる。

「〝もう一回〟がありえるのが、練習試合だからな」

そして試合はまた始まった。


それから、夕方まで途切《とぎ》れることなく試合が繰り返された。接戦《せっせん》ではあったが、結局、音駒の全勝《ぜんしょう》だった。

「こりゃ、文句なしの完敗《かんぱい》だな」

烏養はわずかに笑って言う。ここまで見せつけられては、笑うしかない。

「さすがに皆、バテバテですね……」

武田の視線の先には、立っているのがやっとなほど疲れきっている選手たち。座《すわ》りこんで、もはや立てない者もいる。

「もう一回!!!」

日向だけはまだまだやる気が尽《つ》きていない。そんな日向に、ふだんは張り合ってばかりの影山もさすがに驚《おどろ》く。

「うぬっ⁉ お前、メチャクチャ動いてるだろ⁉ 体力底なしか！」

日向の化《ば》け物《もの》ぶりに、猫又も動揺《どうよう》せざるを得ない。

「コラコラ、だめだ！ 新幹線《しんかんせん》の時間があるんだ！」

「〜〜〜っ」

烏養に首根《くびね》っこをつかまれている日向は駄々《だだ》をこねる子供だ。そんな日向を東峰と月島が呆《あき》れたように見ていた。

「集合!!」

それぞれの主将《しゆしよう》のかけ声に、それぞれのチームが集まる。烏養は音駒の、猫又は烏野の選手たちにアドバイスを送るのだ。

「……正直、予想以上の実力だった。とくに攻撃。9番、10番の速攻《そつこう》。止められる奴《やつ》はそうそう出てこないだろう」

少し緊張した様子《ようす》で猫又の話を聞いていた日向と影山は、ハッとして少し誇《ほこ》らしげに胸を張る。

「レフトのふたりのパワーも、強力な武器だと思う」

それを聞いた田中は嬉《うれ》しそうに拳《こぶし》を握《にぎ》り、東峰は困ったように眉《まゆ》を下げ笑った。

「あとは——いかに繋《つな》ぐのか、だな」

「はい!」

皆で返事するなか、西谷がひときわ大きく答える。

「チームとして粗削《あらけず》りだし、練習不足。——でも、圧倒的潜在能力《ポテンシャル》がある。練習次第《しだい》で相《そう》当《とう》強くなれるだろう」

成長したカラスと、熟練《じゅくれん》さを増したネコ。次に会う時、それはいったい、どんな戦いになるだろう。

「本当に嬉しく思ってるぜ。またいい好敵手《ライバル》ができたってな」

そう言って猫又は自分たちのチームを見る。音駒の選手が烏野を見つめていた。

「次は全国の舞台。たくさんの観客の前で、数多《あまた》の感情渦巻《うずま》く場所で、ピカッピカ、キラッキラのでっかい体育館で〝ゴミ捨て場の決戦〟、最高の勝負やろうや」

「――ハイ!!!」

猫又の言葉に全員、力強く頷《うなず》いた。

再戦を誓って

HAIKYU!!

「よーし、じゃあ、とっとと片づけろー！」

烏養《うかい》の言葉に、疲れた体はさておき、両校の選手たちは片づけを始める。

「くそがっ」

「このうんこ！」

なぜかネットの片づけの仕方《しかた》で揉《も》めている日向《ひなた》と影山《かげやま》。試合では息が合ってきたが、プライベートはまだまだのようだ。

「おい、早く片づけろ！」と澤村《さわむら》の声が飛ぶ。


そんななか、用具室で鉄のポールを片づけていた田中《たなか》に、「おい！」と声がかけられる。それは山本《やまもと》だった。

「あぁ？　なんだ、てめえコラ、まだやんのかコラ、シティボーイコラ」

戦闘《せんとう》モードでかまえる田中。かかってくるならかかってこいと手招《てまね》きをする。だが、山本は慌《あわ》てたように頰《ほお》を赤らめた。

「あの……その……そっちの……」

「え？」

さっきとは打って変わったほわほわ態度の山本。千手観音《せんじゆかんのん》のように手を動かしたかと思えば、両手の人差し指をツンツンと合わせてみたり、どうにも落ち着かない。

田中は訝《いぶか》しげに山本を見る。

「マネッ……あの……女《じょ》……マネ……」

永遠に続きそうな山本の動きがピタッと治《おさ》まり、汗だくで目を泳がせながら聞こえないくらいの小声&早口で言った。

「マネージャーさんの名前なんていうんですか」

その頃、水飲み場でスポーツドリンクの容器をすすいでいた潔子《きよこ》が「へくちっ」と小さなくしゃみをした。

こと、潔子のことに関しては目ざとく、そして耳ざとくなる田中は、それを正確に聞きとり、怒《いか》りに燃え山本の胸《むな》ぐらをつかむ。

「てめェエ!! うちの大事な潔《きよ》……マネージャーにちょっかい出す気かあああ!? そのフサフサしつこく触《さわ》るぞっ!!」

潔子は田中にとって女神《めがみ》。いや、そんな言葉も安く聞こえるほどの唯一無二《ゆいいつむに》の存在。そんな聖域《せいいき》を踏《ふ》み荒《あ》らそうとする輩《やから》は放っておけない。

そう言った田中に、澄《す》んだ目で山本は言う。

「いや、話しかける勇気はない」

どこか悟《さと》ったようにきっぱりと言いきった山本は、いっそ男らしかった。

まさにフサフサを触ろうとしていた田中の手が止まる。

「…………」

「…………」

沈黙《ちんもく》するふたり。用具室には片づけ中の外からの声だけが響《ひび》く。

田中は胸ぐらをつかんでいた手をそっと放した。そして、長い沈黙のあと、口を開く。

「……………潔子さん……」

「！」

「清水《しみず》……潔子さんだ」

それを聞いた山本は、その尊《とうと》い名前に目を輝かせた。

「なんと……！　名が体《たい》を表している……！」

「そうだろう！　そうだろう！　俺も話しかけるまでだいぶかかったから、気持ちはわかる‼」

山本のリアクションに田中は誇《ほこ》らしげに頷《うなず》く。

その姿はまるでアイドルのファンクラブの会長と、新人ファンだ。

だが、田中が「でもな」とその顔をキリリと一変《いっぺん》させて言う。

「話しかけてガン無視《ムシ》されるのも、イイぞ」

「――――!!!」

山本に衝撃《しょうげき》が走る。女子に話しかけることさえ高いハードルなのに、話しかけて無視される無慈悲《むじひ》な仕《し》打《う》ちを愉《たの》しむだなんて。この男は、男としての階段をエスカレーターで昇《のぼ》っているに違いない……!

「……いや……! 俺にはまだハードル高い……っ」

頬を赤らめてそう言う山本に、田中は笑った。

「わはは! なんだお前、けっこうイイ奴《やつ》だな!」

「……お前もな。……俺、山本猛虎《たけとら》だ」

「田中龍之介《りゅうのすけ》だ!!」

そう言って、ふたりはニッと笑った。

一方《いっぽう》、片づけ中の孤爪《こづめ》は戸惑《とまど》っていた。

「バレーいつからやってるんですか？　誰に教わったんですか？　セッターいつからやってますか？　〝視線のフェイント〟自分で考えたんですか？　練習したんですか？　壁にぶつかったことありますか？」

烏野《からすの》のセッターが後ろのほうからなにやらぶつぶつ呟《つぶや》いてくるのだ。しかも怖《こわ》い顔で。

孤爪は日向が言っていた言葉を思い出す。

——うちのはもっとガーッ！　って感じの奴！

アレのことだ……と孤爪は思った。

もともと他人が苦手《にがて》な孤爪は〝ガーッ〟とこられてはたまらないと、そそくさとその場を立ち去った。

「あっ」

ただ同じセッターとしていろいろ聞きたかった影山だったが、気合が空回《からまわ》りしてしまった。コミュニケーションは難《むずか》しい。

だが、その前に本能でコミュニケーションをとるふたりがいた。犬岡《いぬおか》と日向だ。

「すごかったぜ、ショーヨー！　ギュン！　ブワッって！　あっ俺、犬岡！　1年！」

「お前もデカいのに、ズバッ！　って！　ドカーンって！」

「お前のギャウッてのがとくにな！」

誰に教わったんで
すか？セッター
いつからやって
とありますか？
他メンバーとうまく
やってますか？
孤立したことあり

「お前のズドンッてのもな！」

「あのズビビッてのもガツンッてきたよな！」

「ガツンッてより、ガツッ、ドドドドッ、バーンッ！　って感じだったな！」

ふたりはなぜかぴょんぴょん飛《と》び跳《は》ねながらしゃべっている。盛りあがって、感情と体が一体化《いったいか》しているのかもしれない。

「なんだ、あの会話……」

それを少し離れて見ていた月島《つきしま》が、よくわからない擬音《ぎおん》の応酬《おうしゅう》に眉《まゆ》をよせていると、後ろから声がかけられる。

「高校生の会話じゃあねえなあ」

月島が振り向いたそこには黒尾《くろお》がいた。

「でも、君はも少し高校生らしくハシャいでもいいんじゃないの」

「そういうの苦手なんで」

「ふーん……」

にべもなく行ってしまった月島に、黒尾はニヤリと笑った。

「……〝若者〟だねえ」

また、会場の別の場所では、東峰《あずまね》が芝山《しばやま》に謝《あやま》られていた。

「ごっ、ごめんなさいっ、モタモタして……っ」

「えっ？　いや、あの、すみません」

さらに怯《おび》えて平謝りする芝山。

「僕が悪いんです！　許してください～っ」

東峰はただ片づけの手伝いをしようとしただけなのだが、いかんせん、一見《いっけん》コワモテに見えてしまう風貌《ふうぼう》に、芝山は「いつまでちんたらやってんだ、オラァ」などと怒《おこ》られると思ったのだ。

それを見た澤村は顔をしかめる。

「あのヒゲちょこ……。1年生が怖《こわ》がってんじゃねーか……！」

ちなみにヒゲちょことは、ヒゲのへなちょこの略《りゃく》である。

澤村の隣にいた海《かい》が笑う。

「こっから見ると親子みたいに見えますねェ」

「俺には誘拐犯《ゆうかいはん》に見えます」

澤村の言葉に否定もできず、海は苦笑《くしょう》した。

そしてまた別の場所では、西谷《にしのや》が夜久《やく》をじっと見つめていた。

少し離れているにもかかわらず、あまりにまっすぐなその視線に、夜久はどうしていいかわからず、一緒《いっしょ》に片づけをしていた菅原《すがわら》に助けを求める。

「あの……スゲー見られてんスけど……」

「スンマセン……。目、合わせないようにしてもらえれば……」

「3番さんのレシーブ、すごかったっス‼」

西谷の声に夜久はビクつく。西谷はいつのまにか背後にいた。

「うちのエースのスパイク、あんなにちゃんと拾《ひろ》える人、初めて見ました。あんだけ全員のレシーブのレベル高いチームで、リベロの座《ざ》にいる実力、スゲェと思いました。俺も負けないっス！　失礼します！」

そう言ってガバッと頭を下げると、サッと西谷は行ってしまう。

「あっコラ！　そんな一方的に……。なんかスミマセン……」

謝る菅原に、夜久は去っていく西谷を見ながら口を開いた。

「……ヤバイっスね」

「え？」

「彼だって相当レベルの高いリベロなのに、慢心《まんしん》するどころか、ひたすら上だけを見てる

……。怖いっスねェ」

怖いと言いながらも、夜久の顔にはどこか好戦的《こうせんてき》な笑《え》みが浮んでいた。

「猫又《ねこまた》先生、今日は遠いところありがとうございました！」

廊下で武田《たけだ》が猫又に頭を下げる。

「いやいや、こちらこそ」

そう言って猫又は笑みをもらした。きょとんとする武田に、猫又が言う。

「人脈《じんみゃく》のない状態で、練習試合をとりつけるのは大変でしょう」

「………！」

「何度も電話よこして、しまいには〝直接会いに行く〟なんて言いだして」

ふっふっふと、猫又は思い出したように笑う。

「すっスミマセン！」

「だが、熱意には熱意が返ってくる。あんたが不恰好《ぶかっこう》でも頑張《がんば》ってれば、生徒はちゃんとついてくる。頑張って」

重みのある温《あたた》かい言葉に、武田の目が潤《うる》む。

「あっ、ありがとうございます！」

武田は深く頭を下げた。

唇《くちびる》を強く噛《か》む。そうしないと涙がこぼれてしまいそうだった。

自分はバレーに関することは教えられない。だから違うところで、頑張っている生徒たちのサポートをしたいと自分なりに精一杯《せいいっぱい》やってきた。

これからもそうやって頑張っていいのだと、背中を押されたような気がした。

そんな武田を烏養も、音駒《ねこま》のコーチ、直井《なおい》もどこか微笑《ほほえ》ましく見ていた。そんな烏養に、猫又が声をかける。

「お前もしっかりやれよ、繋心《けいしん》。三試合やって、1セットもとれないとかなあ?」

打って変わり小馬鹿《こばか》にするような猫又に、烏養はヒクッと顔を歪《ゆが》ませた。

「次は絶対ストレート勝ちしてみせますよ」

そう言った烏養に武田は驚《おどろ》く。

「ほほーう？　口ばっかじゃないといいけどなあ？」

今にもケンカを始めそうな烏養と猫又の雰囲気《ふんいき》に、直井が止めに入る。

「先生、そんなにつっかからないで……」

「コイツがじじいそっくりの顔してるのが悪い!!」

「大人《おとな》げない!!」

猫又たちと別れた武田は、ずんずん速足で進む烏養をあわてて追いかけながら話しかける。

「うっ、烏養君っ、コーチやるのは今日の音駒戦までだって――」

烏養は怒《おこ》ったまま振り返った。

「あんなこと言われて黙ってられるか！」

「えっ」

「デカイ舞台で、ぜってェリベンジだ……！」

そう息巻《いきま》く烏養。いつのまにか、今の烏野の熱意が自分の熱《あつ》さになっていた。


「友よ！　また会おう!!!」

夕日を背に、固く握手《あくしゅ》を交《か》わす田中と山本。

その頬《ほお》には熱い涙がとめどなく流れ続けている。あれから熱《あつ》く語り合い、そしてふたりは心の友となったようだ。別れを惜《お》しみ、泣きじゃくる。

「アレ、なに」

「知らん。あんま見るな」

その光景をいつものように低いテンションで見ている孤爪に、黒尾が答える。

そこに澤村が近づいてきた。

「お？」

澤村に気づいた黒尾は、爽《さわ》やかに笑った。澤村も爽やかに笑った。

「次は負けません！」

「次も負けません！」

両手でがっつり握手しているその手には、爽やかな笑顔とは不釣《ふつ》り合いな力強さがある。

お互いに渾身《こんしん》の力をこめているのか、腕が小刻《こきざ》みに揺れていた。

「怖《こわ》い！　怖いから！」

近くにいた菅原と夜久が、不穏《ふおん》な握手につっこむ。

そして、その後ろでも不穏な握手が交《か》わされていた。烏養と直井だ。

「次は今日みたいにいかねえかんな」

「そうしてくれないと練習になんないからな」

こちらはよりあからさまにやり合う気満々《まんまん》だ。

「こっちもか！」

「大人《おとな》げない!!」

笑いながらまだ握手を放さない澤村と黒尾を、なにやってんだろ……と孤爪が見ていると、「研磨《けんま》!」と日向がやってくる。

「翔陽《しょうよう》」

「この前、道で会った時、特別バレー好きじゃないって言ってたよな」

「あ……うん……」

孤爪は少し困ったように答えた。

なんとなくバレーを続けてきたなんて、真剣にやっている人たちからすればおもしろくないことくらいはわかる。

「今日は!? 勝って、どう……思った?」

「……うーん……。……べつに、普通……かな」

正直にそう言った孤爪に、日向は悲しそうに眉《まゆ》を寄せた。

日向は楽しかった。音駒との試合が。まだまだずっとやりたいと思うほど。

それなのに、孤爪にとってはただの暇《ひま》つぶしにしかならなかったのかと思うと、とても悔《くや》しかった。

「……次は」

「？」

「絶対……必死にさせて、俺たちが勝って、そんで……〝悔しかった〟とか、〝楽しかった〟とか、〝べつに〟以外のこと言わせるからな!!!」

そう叫《さけ》んだ日向に、孤爪は驚く。

なんてストレート。裏がなくて表がすべて。自分の気持ちにまっすぐで、誰に対しても正面から向き合ってくる。ゲームなら、ゲームにならないくらいわかりやすすぎる。

でも、それでもなぜか嫌《いや》じゃない。

それに、日向の可能性はまだ未知数《みちすう》だ。これからどんなふうに変わっていくのかわからない。

「………うん。じゃあ期待しとく」

そう言って孤爪は小さく笑った。


黒尾がひとり時間差で打ったスパイクが烏野のコートに決まった。

トスを上げた手をそのままにしていた孤爪に、黒尾が合わせようと手を上げる。

数えきれないほどスパイクを打ってきた大きな手。

そんな手も、昔は当たり前に小さかった。

近所の河川敷《かせんじき》には、バレーボールのネットがあった。昔からバレーボールが盛《さか》んな地区で、小学生の孤爪と黒尾もそこで遊んでいた。

「そあっ‼」

孤爪が上げたトスを、黒尾が盛大に空振《からぶ》る。大声に孤爪がビクッとした。ボールが転々《てんてん》と地面に転《ころ》がる。

「……クロ、今のなに?」

「ひとり時間差! きのう、テレビの試合でやってんの見た!」

シラケている孤爪に黒尾は得意《とくい》げに答える。

「こうジャンプすると見せかけて」

黒尾はネット前に走りこんだかと思うと、その前でピタッと止まってみせる。

「一回止まってブロックにフェイントかけてから、打つ!」

そしてスパイクするマネをした。

「なにそれ。よくわかんない」

毎回それにつき合わされる孤爪は困ったように眉《まゆ》を寄せる。

「テレビで試合見るたび、新しい技《わざ》やろうとするのやめてよ……」

そんな孤爪に、黒尾は自信満々に口を開いた。

「なに言ってんだ！　今からたくさん練習してなぁ、他《ほか》の奴《やつ》らにできないこと俺たちが一番できるようになるんだ！」

青い空に向かって黒尾は拳《こぶし》を突き上げる。

空にかかるネットは高く、その拳は幼《おさな》い。

「今、使えない攻撃だって、今からたくさん練習してれば、高校生くらいにはきっと」

そう笑う黒尾の横顔を孤爪は見る。

そんな先のことを言われても、小学生の孤爪には、いまいちピンとこなかった。


それでも、なんとなくでも、特別好きじゃなくても、孤爪はずっとバレーを続けてきた。

嫌《きら》いなものをずっと続けられるはずはない。

漠然《ばくぜん》としていたあの頃の未来で、孤爪と黒尾はしっかりと手を合わせる。

大きくなったその手と手を。

夕陽に照らされながら、日向と影山は去っていく音駒を見送っていた。その後ろでみんなも見送っている。

またいつかと笑顔で、または涙で盛大に別れを惜《お》しんだその後には、じんわりとした何かがこみあげてくる。

「——今日《きょう》が公式戦だったら」

そう呟《つぶや》いた影山を日向は見る。

「一試合目、負けたあの瞬間に、終わるんだ。全部」

静かなその声の裏に宿《やど》るのは、中学最後の試合。

勝ちたいと、勝たなければと焦《あせ》るあまり周《まわ》りが見えず、ひとり突っ走った。そして、最後の最後に何もできず、させてもらえず終わった試合。

「…………」

日向も、中学最初で最後の試合を思い出していた。

〝小さな巨人〟に憧《あこが》れて、ようやくつかんだチャンス。負けるつもりは微塵《みじん》もなかった。

勝つつもりでいた。精一杯《せいいっぱい》ボールを追った。でも、あっという間に負けた。

その道の先へ行けるのは、勝ち残った者だけ。

まだそこにいたいのに、ここにいてはいけないと道を閉《と》ざされる。そんな深い穴に落ち続けるような虚無感《きょむかん》を——。

「知ってる」

日向は答える。だから、もう負けたくない。

その目には強い光が宿《やど》っている。それは影山も同じだった。

「——よくわかってんじゃねーか」

烏養の声に、日向たちが振り返る。

「そんで、その公式戦……ＩＨ《インターハイ》予選はすぐ目の前だ。さっさと戻るぞ。今日の練習試合の反省と分析《ぶんせき》。そんで練習だ！」

負けを悔《く》いている時間はない。勝ち続けて、コートに長く立っているために、やらなくてはいけないことは山のようにあるはずだ。

遥《はる》か道の先に挑《いど》もうとするその目は、まっすぐ前を向いている。

「あス!!!」

羽《は》ばたこうとする烏《カラス》たちの声が夕空に響《ひび》き渡《わた》った。

■初出
劇場版総集編 前編 ハイキュー!! "終わりと始まり" 書き下ろし

この作品は、2015年7月公開(配給/東宝映像事業部)の
劇場版総集編前編『ハイキュー!! 終わりと始まり』をノベライズしたものです。

劇場版総集編 前編
ハイキュー!! "終わりと始まり"

2015年7月8日 第1刷発行
2022年9月18日 第8刷発行

著　者/古舘春一 吉成郁子

装　丁/渡部夕美[テラエンジン]

編集協力/佐藤裕介[STICK-OUT] 北奈桜子

編 集 人/千葉佳余

発 行 者/瓶子吉久

発 行 所/株式会社 集英社

〒101-8050 東京都千代田区一ツ橋2-5-10
TEL【編集部】03-3230-6297
【読者係】03-3230-6080
【販売部】03-3230-6393(書店専用)

印 刷 所/図書印刷株式会社

©Printed in Japan ISBN978-4-08-703368-7 C0093
検印廃止